文春文庫

幽霊作家と古物商

黄昏に浮かんだ謎

彩藤アザミ

文藝春秋

目次

長月《ながつき》響《きよう》

作家。
自分の死因が
わからない幽霊だが、
今も執筆の仕事を
続けている。

御蔵坂《みくらざか》類《るい》

古道具屋「美蔵堂」の
店主で、
響の友人。
霊感があり、
響のことが視える。

幽霊作家と古物商

黄昏に浮かんだ謎

血文字

「響《きょう》さん。『物』は大事にしても『執着』は持たないほうがいいよ――」

薄暗い屋根裏で革張りのソファにかけたルイ――御蔵坂類《みくらざかるい》はそう言った。

これはいつのことだったろう？

「あまり昏《くら》い感情を込めるとね、自分自身がその想いをすっかり忘れたあとも、物にこびりついた念みたいなものが消えずに残る。それは時を経ると、原因も経緯も忘れて、純粋な感情の塊になる。まぁ……僕はそういう物は嫌いじゃあないけどね」

――愛用のパソコンのキーを叩きながら、ふと思い出した一幕だった。

このパソコンが壊れたら俺はどうなってしまうのだろう？

俺の思念が残る、このデスクトップ。

目をつむると、ちりちりとファンの音がした。

「クリーンナップしておくか……」

小説のデータを保存し、スタートメニューを立ち上げた。昔なら、このあいだにコーヒーでも淹《い》れて一息つくところだが……もうケトルに触ることすらできない。

すうっと肺に空気を溜める。息を止めて脱力すると、沼へ落ちるみたいに躰《からだ》が椅子を、床を、貫いていった。木造の暗い隙間を抜け、階下の部屋へたどり着く。

頭の半分を天井にめり込ませたまま、その場に滞空した。

下の階に住む中年男性は、ローテーブルの前に座ってカップ麵を啜《すす》っていた。俺には当然、気づかない。

なにも、なにも面白いことはなかった。

しいて言うならば、テレビボードの裏に五百円玉が落ちているのだが、この男はいつ気づくだろう、そしてそのときはどんなリアクションを見せるだろう……というくらいか。とてもネタにはなりそうにない。

「……にしても、世の中ここまで本のない部屋ばかりだとは思わなかったな」

口を開くと、呼吸をしているあいだ躰はゆっくりと沈む。

俺は再び息を止め、ふうっと浮き上がり、自分の部屋へ戻った。

名枯荘《ながれそう》・二〇三号室。表札は「墓森《はかもり》」。

三日ほどパソコンに向かっていたので、どうにも運動不足な気がして大の字で部屋中をスカスカと飛び回ってみた。しかし調子に乗っていたら冷蔵庫のなかへ顔を突っ込んでしまい、低く呻《うめ》いた。なかはとっくの昔に腐海のようになっている。濡れも汚れもしないのだが、気分のいいものではない。

俺の姿は生前からずっと変わらない。

外出時に一番よく着ていたグレーのローゲージニットと、黒いパンツ。くるぶしソックスにノーブランドの紐なしスニーカー、そして眼鏡……という格好だ。一応、脱ぐこともできるが、気づけばまた身に着けている……というか、出現している、いるのだ。

類が言うには「一番強いセルフイメージが霊体としての姿になったのだろう」とのことだった。切る暇がなくて眼鏡にかかっていた癖のある黒髪が、これ以上伸びないのはありがたかった。

もしも死んだときの姿で固定されていたのなら、きっとずぶ濡れだったはずだ。

俺はどうやら、この町の北にある断崖絶壁の海で死んだらしいのだから。

「…………」

起き上がり、壁一面にある本棚に目をやった。

どの名作も、もう手に取ることはできない。隅には自分の著作も、文庫化したものを含めて五作、並んでいる。

筆名は「長月響《ながつききょう》」。

下の名前は本名と同じだ。陰気な名字だけ、変えた。

高校生のころから小説を書き始め、十年近くかけてようやく出せたデビュー作はスマッシュヒットを飛ばした。まだまだ新人だが上々な滑り出しだったと思う。

幸い……と言っていいのかわからないが、今も依頼は途切れていない。

パソコンから通知音が鳴った。

クリーンナップが終了したようだ。再起動をかけて、返信し忘れていた担当編集へのメールを出してから、電子書籍の新刊をチェックし、電源を落とした。

この机と椅子、デスクトップと付属品一式は、デビュー作の印税で買った物だった。

俺はこれからたくさんの小説を書くのだと、数十万円ほどかけていい物を揃えたのだ。

当時の自分にしては目の飛び出るような値段だったが、いい買い物をしたと思っている。

その思い入れが、この世との唯一の繋がりになったらしい。

だが、パソコンという物は十年もしないで古くなる。

いつかは必ず壊れてしまう。

小説が、書けなくなってしまう。

静寂が耳を痛くした。

「類のところに、行くか……」

俺は窓硝子《まどガラス》をすり抜けて、雨上がりの空へ舞い上がった。

石畳の道をゆく人々の頭を見下ろしながら、文字通りまっすぐ飛んでいくと、年季の入った町屋の連なる通りへ出る。

土産もの屋、食事処、漆や陶器といった伝統工芸品を扱う店、内装を今ふうにアレンジした喫茶店など……平日の昼間なので、店を覗くのは年配の観光客ばかりだ。

日本海に面したこの城下町は、令和の今もなお歴史ある佇まいを残している。しっとりと並び建つ暗色の木造は、雨の日も雪の日も賑やかな人々の声に耳をそばだてているかのようだった。

そんな趣のある通りから、少し奥まった場所に類の店はある。

目印は「美蔵堂《みくらどう》」という柳のような細い筆文字の扁額《へんがく》。

引き戸をすり抜けてなかへ入ると、暗さに慣れるまで数秒を要した。

彼は目を凝らした先にある、どっしりとしたマホガニーのカウンターに座っていた。

「やぁ、響さん」

「あぁ」

栗皮色の前髪の下に覗く、碧《あお》い双眸《そうぼう》が細められた。

「君が来ると、やっぱり潮の香りがする」

香り……自分ではわからないが、彼が言うならそうなのだろう。

美蔵堂は彼が祖父から受け継いだという、小さな古道具屋だった。

入口からところ狭しと並べられた古道具を分け入って進むと、カウンターと椅子が設《しつら》えられており、店主の類はいつもそこに座って道具の手入れをしている。客が来たときは、ここで会計や買取り、取り置き、エトセトラの相談をするのだ。

御蔵坂類は、一見してわかる通り純日本人ではない。母親が英国人なのだという。「ルイ」という名前も、どちらの国でも通じるようにとつけられたらしい。遠目でも色素の薄さが目立つ彼が、この北陸で小さな古道具屋をやっているというのは、なかなかにユニークな絵面だと思う。

「響さん、ちょっとこれを見てくれよ」

頬杖をついた彼はなんの前置きもなく、手に持っていた細長いものを差し出してきた。一本の万年筆だった。黒い漆の地に、金箔で細かな細工が施されている。

「これは?」

「呪いの万年筆」

らしいよ、と彼はわざとらしく棒読みをした。

類は一人分の紅茶を淹れてくると、改まった口調で、ある有名な名を口にした。

「――っていう、昔の作家を知っているかい？　『その人の使っていたものだ』と持ち込まれた品なんだ」

この町には「四文豪」と呼ばれるゆかりの作家がいる。類が挙げたのはそのなかの一人だった。四人のなかなら俺は鏡花が一番好きだったが、その文豪の作品もまあまあ読んでいた。

どこで美蔵堂を知ったのかは不明だが、ある日いきなり高齢の男性が「供養してほしい」と万年筆を持って来たらしい。詳しいことはなにも語ってくれなかったという。

「見た感じ旧くはないから偽物じゃないかと思うけれど……『呪いの』と言われちゃあね。直感だけれど、そっちは本物な気がしたんだ。それで、文学に詳しい君にもぜひ意見を訊いてみたくてね」

「また『霊つき』か……」

俺がつばを飲み込むと、類はくるくると万年筆を回してみせた。

「もう、いつも人がバタバタ死ぬ話ばかり書いているくせに。響さんもおばけなんだから大丈夫だよ。それに約束したろう？　『相互扶助』をしようって」

それは俺と類が出会って間もないころに交わした口約束だった。

類はキャップを開けて、手近にあったメモ用紙へペン先を滑らせた。が、紙には細い跡が残るのみ。次に彼はペン軸をひねって、さっと分解する。

「この通り、インクは入っていない。なのにこの万年筆、目を離すと落書きをするらしいんだ」

「落書き？」

「ああ、紙があれば紙に、なければその辺の壁や床に……血のような赤でね」

背筋にすっと緊張が走る。俺は類が元に戻した万年筆を見つめた。彼の言った通り、旧くは見えないが、細かな傷や擦れからよく使い込まれた物のような気がした。

「そういえば、その文豪は万年筆を握っている白黒写真が有名だな」

「そうなのかい？」

「ネットで検索すれば出てくる」

彼は「どこに置いたかな」と一瞬迷うようなそぶりを見せたあと、事務用品の隙間に置いてあったスマホを引っ張り出した。類はデジタル機器は人並みに扱えるが、さほど必要としていないのか触っているところはあまり見たことがない。俺は宙に浮かんで斜め後ろから画面を覗く。

「あぁ、この写真だね。うーん、似てはいるけど……ん？」

類が顔を上げる。カウンターの上の万年筆のキャップが外れていた。

傍らのメモ用紙には、鮮やかな赤い文字。

《ゆ　び》

角ばった右上がりの不気味な文字だった。

類はメモ用紙を摑んで卓上のランプにかざす。見ているあいだに、インクが乾いて照りを失っていった。

「指……？」

俺が呟《つぶや》き、類がそのメモ用紙を何気なく左手で捲《めく》ったそのとき、彼は「いっ！」と小さく声を漏らした。

「――切った……」

彼の指先にできた一筋の傷は、薄灯りのなかで細い線を描いていた。


類は「壁や商品に落書きされると困るから」と、万年筆をメモ用紙と一緒にカウンターの上に置いておくことにした。

ちなみにこの店では、筆記具は鉛筆しか使ってはいけないという決まりがある。美術館と一緒だ。数は少ないが絵画や掛け軸も置いているので、消しゴムで消せない汚れをつける可能性のあるものは、原則使用禁止なのだ。

類はこの万年筆をしばらく観察したいという。売るときに客に説明できるように……。

翌日。昨日のことが気になって早い時間から美蔵堂へ行くと、店に類はいなかった。

なんとなくいやな予感がしてカウンターの上を見ると、メモ用紙に赤い文字が躍っていた。

《か　い　だ　ん》

この町屋の二階と屋根裏は、類の住居になっている。二階はＬＤＫと水回り、屋根裏はベッドルームだ。

「……類？」

店の奥にある階段を見上げ、呼んでみた。

と、暗がりから、ばたんとなにかが落ちてきた。

俺は咄嗟《とっさ》に受け止めようと両手を伸ばしたが、落ちてきた彼は俺の躰をすり抜けていった。霊なのだから当然こうなる。風圧が躰のなかを走り、背後で痛々しい音が響いた。

一階の床に転がった類は、おでこを押さえて躰を起こした。

「大丈夫か？」

「たた……。おかしいな……急に足を踏み外した」

「呪い……か？」と思わずつぶやく。

「呪い？」

俺はメモ用紙を彼に見せようと手を伸ばしたが、カウンターを見て硬直する。

天板の真ん中には、大きな血文字が直接書かれていた。

《し》

先ほどは絶対になかった……のに。

さすがに頬が引き攣《つ》った。

だが類は「なるほど」と静かにそれを見下ろすのみだった。

観光名所として名高い、池のある広い公園を漂いながら一人考えていた。

ゆび。かいだん。し。

思い出しているうちに、確かめたいことに気がつく。

公園からふうっと一息に飛び上がって、例の文豪の記念館へと向かった。チケット売り場を素通りし、展示ケースのなかにまで入っていく。

あった。手書きの生原稿。

「筆跡が違うんだよなぁ……」

横線は水平に、升目のノートなど使ったことのない昔の人らしい、伸びやかな字が並んでいた。展示資料の写真のなかの彼は、穏やかな顔をしている。

さらに、俺はお土産コーナーで見つけてしまったのだ。

その文豪が愛用していた、今はなき文具メーカーの万年筆を再現したレプリカがあったのだ。数万円もするそれは、滅多に売れないのだろう、棚の隅に二箱だけ飾られて、ひっそりと埃《ほこり》を被っていた。

類の見立ては当たっていたようだ。

「『呪いのほうは本物』……ね……」

溜め息が漏れた。俺だったらこんなオチは絶対に書かない。


店仕舞のころに美蔵堂へ行くと、類は二階の自室で万年筆をペン回ししていた。

「どうしたものかなぁ」

のんびりとした様子で、彼は独り言とも俺に言ったともつかない調子で呟いた。

「二束三文でさっさと売るとかできないのか？　手放せば、呪いも……」

「さすがに危険なものは人さまの手には渡せないよ」

彼ははっきりと言った。そこは矜持があるらしい。

「向こうに覚悟がない限りはね」

類はたっぷりと間を置いて、不服そうにつぶやいた。

「しかしもったいないなあ。せっかくの『霊つき』なのに……」

「でも、このままじゃお前が危ないんじゃ……。『し』って……『死』しかないだろう？」

「ううーーーん」

彼は鼻先に万年筆を掲げる。いい加減見飽きないのだろうか。

俺は記念館で見たものを彼に伝えた。すると彼は意外なところに食いついた。

「そのお値段でこれかぁ……いいじゃないか。作り手の気概を感じるね。これ、物は決して悪くないんだよ。あ、僕がもらっちゃおうかな」

「死にたいのかお前」

「やだな。ただ、もったいないなと思っただけさ」

類はやはり平然とした様子で、薄く笑った。

今日は帰らずに彼を見張ることにした。自分になにができるわけでもないが、知らないうちに死なれていては寝覚めが悪い。


しかし翌日、類は起きてすぐ出し抜けに言った。

「響さん、一つ頼まれてくれないかい?」

厳かな声だった。

「これの売り主の家に行って、様子を探ってきて欲しい」

「どうして、またそんな……」

「夢見が悪くってね。たぶん、これのせい。これの記憶」

類は頭を掻きながら、テーブルに置いておいた万年筆を手に取る。

なにを見たというのだろう。

類は地図を広げて、住所の書いてある付箋のついた箇所を指差した。

「別に、行ってもいいが……大した由来は、ないと思うぞ……」

類はじっと俺の顔を見て、また万年筆を見て、そしてまた俺を見た。

「なにか思い当たるふしでもあるのかい？」

「……」

不思議そうな顔をする彼に、偏った憶測を話すことはできなかった。

「僕のことなら心配いらないよ。しばらく祖父に来てもらうから。この店には強力なお守り《タリスマン》だって置いてあるし。僕は元々霊感体質なんだ。そう簡単に殺されはしないさ。小旅行だと思って行って来てくれよ。君が飛んでいったほうが早いし、それ以上に、訊いても素直に教えてくれないかもしれないから、こっそり見てきたほうが早い」

類はそう言って窓を開け、俺を送り出した。

「仕方がないな……相互扶助だ」

幸い、次の原稿の〆切はまだ先だ。


無賃乗車と無断ヒッチハイク――以前、類が命名した――で乗り継いでいった住所の場所は、半島のほうにある一軒家だった。一般的なルートなら二、三時間かかるが、飛んでいくと確かに早かった。

平成初期に建てられた様子の、古すぎない、けれど建てられた当時の明るさはまるきり失われている、そんな家だった。なかは広いのに物が溜まっているせいで酷《ひど》く窮屈に感じる。類の話によると、ここの家主である男性が売り主だという。

リビングでは、七十代くらいの老夫婦とさらに老いた歯のない老婆が、テレビの音を浴びながら背中を丸めて夕餉《ゆうげ》をとっていた。歯抜けの老婆は、壁から出てきた俺をぼうっと見つめた。死期の近い人間には霊が視《み》えるようになることがある。

隅の仏壇には、太った男性の真新しい遺影が飾ってあった。少し偏屈そうな、けれどそのぶん理知的な、鋭い目をしていた。

憶測……が当たっていそうな気配を感じる。

二階へ飛んでいくと、彼の部屋はすぐに見つかった。大量の本が床に積んである、カーテンの閉まった六畳だ。

学生が使うような勉強机には原稿用紙の束が突っ込まれていた。回転椅子のクッションは潰れている。

俺の実家の部屋に似ていた。

真ん中にある鍵つきの広い引き出しに顔を突っ込むと、ひときわ綺麗な原稿用紙がしまってあった。鉛筆の上から万年筆で清書されている。その下にはピンと角のとがった茶封筒が重ねてあった。

そうそう、投稿用の紙類を折らずに置いておくなら、ここなんだ……。

――ごん。

鈍い音がした。階下からだった。

壁をすり抜けて階段から一階を覗くと、ステップの一番下には、太った若い男性が頭から血を流してうつぶせに倒れていた。

「あぁぁ、きよひこぉ、きよひこがぁぁ……！」

歯抜けの老婆が床に座り込んで指を差す。

老夫婦の妻が彼女を脇から支えた。

「はい、はい、ここで……亡くなってましたねぇ。可哀そうにねぇ。お義母さん、和室戻ろうか」

リビングから夫が顔を出して、二階を見上げて呟いた。

「やめてくれよ母さん……。もうあの子も成仏してるはずだよ。あぁ、次は本も片付けないとな……、いくら大事にしてたといっても、ずっとあのままじゃあな……」

寂しそうな声は、俺にしか聞こえなかっただろう。

若い男は首をもたげて、不自然な角度で俺を見上げた。血走った片目が、刺すように見上げてくる。

――し……。

幽《かそ》けき声がした。

彼の右手の中指のペンだこから、鮮やかな色の血が滲んでいた。手書き派か。指も痛かっただろうに。自分はパソコン派だからそこは共感できないが……。

――し……。

「よかったよ」

俺は心から言った。

「君の、詩」

勉強机の引き出しに入っていた、清書済みの。

きっとどこかへ送るつもりだったであろう、詩。

「とてもよかった」

それ以上なにも言えずに目を伏せる。

気づけば男は消えていた。最後に見た顔は、少しだけ穏やかに見えた。

彼があの部屋で重ねていった齢《とし》は、孤独は、目指したことのある人間にしか偲ぶことのできない重みなのだと思う。

俺からの報告を聞いた類は、カウンターの椅子で足を組んで紅茶に口をつけた。

「おおかた、遺品の処分を進めるうちに、『文豪のレプリカ万年筆を使っていた』という話が『文豪の万年筆』に縮められてしまったんだろうね。朝になったら、万年筆は庭でお焚き上げすることにしよう」

「あぁ……」

「ありがとう、おかげですっきりしたよ。なにもわからないとやっぱりモヤモヤするからね。まぁ、ちょっと痛い目に遭わされたし、僕は見ず知らずの人のおばけに同情なんかできないけれど」

「そうか」

「物書きにだって共感できない」

カウンターに残ったままの「し」の血文字を見つめる。

ふと思いついて、俺は文字の上から人差し指を滑らせた。

横棒を、二本。

類はちょっと目を瞠って、赤いペンを取り、上からなぞってくれた。

《も》

「『喪』……？　ははぁ、よく思いつくね。さすが作家だ」

「ただの言葉遊びだ」

だが、あの青年は笑ってくれるのではないかと思う。
類は両手を合わせて目をつむった。俺も黙禱《もくとう》を捧げる。
目を開けると、天板の赤い文字は綺麗に消えていた。

了

大蛇

カンカンカンカン――。

黄色と黒の縞《しま》模様の棒が下がる。

その鳴き声は、激しい音にかき消されそうになりながらも、確かに聞こえた。

「にゃあ」

音が止む。通行人が一斉に動き出す。

そこは車一台しか通れない狭い踏切だった。草むらをすり抜けて奥へ入ると、埃の塊みたいなクリーム色の子猫がぷるぷると震えていた。

俺は近くで見ようと腹ばいになった。幽霊は誰にも気にされない。平気で不審なことができる。

猫は俺をじっと見て、ぴょんと腕に飛び乗ってきた。

「なぁお」

反対の手をそおっと伸ばしてみると、小さな頭に触れることができたので驚いた。あまりの柔らかさに思わずうなる。

両手で掬《すく》ってそおっと胸に抱いた。

どうやらこの子も霊らしかった。

「で、ここに連れてきたのかい？」

「にゃあぁ」

「君には訊いてないよ」

類は失笑して、子猫の鼻先に指を伸ばしたが、指頭がピンク色の鼻をすかすかと掻くだけだった。

「首輪はないし、親も近くにいなかったんだ。あんなところに置いておけないだろう」

「霊なのに？」

「猫じゃないか」

「おばけの猫だ」

「でもこんなに小さい。生まれて二か月も経っていないんじゃないか」

「…………」

享年、になるのだろうが。

類は大きな溜め息をついて、カウンターの椅子に腰かけた。

元々猫は好きだったが、それより「触れられるもの」それも「ふわふわした、触り心地のいいもの」というのが大きかった。一度触ると、もう手放せない。

「猫は霊感が強い生き物だからねぇ。これは経験則だが、霊になりやすい動物ってのがいる」

「そうなのか？」

「うん、神社で祀《まつ》られてる動物がメジャーだね。狐狗狸《こくり》、猫、兎、蛙、お盆の虫は故人だから殺しちゃいけないとも言うし……そうそれから、蛇――」

手のなかの子猫が、ぷるりと震えた。

「蛇は強いよ、絶対いじめちゃあ駄目だ。あとが恐い」

子猫が鼻先を俺の胸に押しつけてきた。

「ん？　なんだ、蛇が恐いのか？」と俺は類への冗談交じりに言葉にした。のだが……。

――うん。

と、頭のなかに響いてきた。

いや、それは厳密には声ではなく日本語でもなく、「ただ意味が浮かぶ」とでもいうような、不思議な感覚だった。

類は俺の表情から異変に気づいたようで、不思議そうな顔で頬杖をついてこちらを見てくる。

「猫、蛇が恐いか？」

そう尋ねた途端、俺の脳にさまざまな感情が巻き起こった。混乱と、恐れ、震え、哀しみが入り交じった想い。しいて言葉にするなら。

――こわいこわいこわいこわいこわい。

という感じだった。

「響さん？」

類が猫を見下ろす俺を呼んだ。猫は俺の胸にしがみついてじっと動かない。

これはこの子猫の感情なのだと、すぐにわかった。

「猫……よしよしよし、お前のことを教えてくれ。少しずつでいい」

類は目をしばたたいて、「大丈夫？」と俺に言った。

類に事情を話すと、それはきっと「霊聴《れいちょう》」の一種だ、と言った。

「霊同士の会話を『霊聴』というのかはわからないけども、ほら、動物は喋れないだろう？　だけど『思念』はある。だから、死ぬと人に思念を伝えて、会話に似て非なるものができるときがある」

夜。類は店の二階にある住居のキッチンカウンターで、一人分のジンとつまみに向かいながら、俺と話していた。俺は香りだけ、楽しむ。子猫はカウンターの上で転がったり、皿の上のスモークサーモンを齧《かじ》ろうとしたりしている。

「思念を……なるほど、これはそういう」

慣れてきたせいか、さっきから子猫の考えらしきものが、脳内でぱちぱちと炭酸のように浮かんでは消えていた。

類の様子を窺ったり……それから俺に好意を持っていたり……というのが直でわかってしまう。

「ははは……！　そりゃあ、猫にも君の思念が同じように伝わっているんだ。自分に害意がないどころか、可愛がっていることがわかってるから懐く」

「にゃあ」

「そうか……」

類は食べ終わった食器を流しへ片付けると、シャワーを浴びにいく前に言った。

「ついでに言うと、面白いことに人と近いところで生きていた動物は、けっこう人の言葉を覚えているものでね。飼い犬や飼い猫の霊は特におしゃべりで、人間の世界の常識も理解していたりする」

もう遅いし、名枯荘はペット禁止なので……というのもあるが、「幽霊の子猫」の面倒を一人で見る自信がなかったので、今日も泊めてもらうことにした。

食事も風呂も必要ない俺は、ソファの上で腹に子猫を乗せてくつろいでいた。

「さて、そろそろ教えてくれないか？　お前のことを……」

俺はゆっくりと、子猫の思念をくみ取っていった。

類が髪を乾かしてベッドへ入ったあとも、俺はソファの上でなにもかけずに子猫を撫でていた。暗闇のなかで、まんまるの目が光る。

――ママ。

と、子猫は何度も言った。ママ、ママ、ママ、いない。

――しんだ。

「そうか……母猫は、死んだのか」

――へび、たべた。おおきい。ママ。

断片的な言葉を要約すると、そんな意味になった。

「お前も食べられた？」

――にげた。

子猫は顔を俺の胸にこすりつける。

――ママ、まもった。ち。ママ、たべられた。ち。ち。

逃げのびたところで親がいなければ、こんな小さな子猫は生きていけるはずもない。

不覚にも涙腺を刺激されてしまった。人がばたばた死ぬ小説ばかり書いているくせに。

——へび、おおきい。こわい。

「恐くない。蛇はもういないからな……」

ふかふかとした毛を撫で続ける。

温かさは、感じない。たぶん子猫も感じていない、俺の手の熱など。

翌日、俺は類へ言った。

「母猫の霊に会わせてあげたい……」

朝食を食べていた彼は、「ふぅん」とだけ言って食事を続けていた。

淹れたての紅茶とトースト、野菜と豆と卵料理という、伝統的なイングリッシュ・ブレックファスト。ジャムは黄色のもの。彼は三百六十五日、飽きずに毎朝これを食べる。いや、彼がなにかに飽きたところなど見たことがなかった。

これは「相互扶助」の範囲外なのだろうかと、内心残念に思った。しかし、彼は皿を洗いながら急に言った。

「死んだ場所にいるかもしれないよ」

「……え」

「母猫さ。猫はなわばりを作るだろう？　地縛霊《じばくれい》になっているかもしれない」

「そう、なのか？　あぁ、ありがとう、助かるよ。……興味がないのかと思った」

「できるだけ助け合うって約束したじゃないか。冷めるからあとで答えようと思っただけだ」

そういう意図なら先に言っておいて欲しい。

類は碧い瞳を細めた。

「ただし……現世にいたらの話だよ。動物は人間と違ってさっぱりしているから、滅多にこの世に留まったりしない」

そして、彼は絨毯《じゆうたん》の上で眠っている子猫を指差した。

「あれも、自然界の掟で死んだならさっさと成仏してるはずだ。〝なにかある〟と思ったほうがいい」

「なにかって、なんだよ？　あんな小さな子猫だぞ」

「小さいから余計に不自然なんだよ。この世に未練なんてあると思うかい？」

「それは、だから、母猫が……」

「うむ……そうなんだけどねぇ……野良にしては物わかりがよすぎるよ」

子猫は目を覚まし、のんきに「にゃあ」と鳴いた。

俺は子猫を抱いて、拾った場所の近くに行ってみた。

――みち。ママ、いっしょ。

子猫はこの場所を覚えているようだった。周辺を歩きながら、子猫に問う。

「なぁ、お前はどこか家のなかに住んでいたことはないか？」

類の言葉から、母猫と一緒に人に飼われていたんじゃないかと思ったのだ。

たとえば妊娠してたくさんの子が産まれて、困った飼い主が母子共に捨てたとか。

そして母猫は蛇に喰われてしまい、兄弟と散り散りになり、やがてこの子も力尽き……といったふうに。

「にゃあー」

「わからないか。じゃあ、『ママが、死んだ、場所』わかるか？」

ゆっくりと区切って言うと、俺の尋ねたいことが思念で伝わったような気がした。子猫はまあるい瞳で見上げてきた。

――いし。たくさん。

「石？」

――へび。

「蛇はわかったよ」

――へび。とおる。みち。

蛇の通り道？

俺はやがて、駅の裏に鬱蒼とした林を見つけて分け入ってみた。ここならマムシがいてもおかしくない。この子猫には十分「おおきなへび」に見えるだろう。

——へび、こわい。こわい。

奥へ行くと黄緑色のフェンスがあった。俺はそれを右手に、フェンスに沿って林のなかを歩いた。

——へび、へび、こわい、くる。

「大丈夫だ。来ても俺が追い払う」

——へび、ながい、こわい。

「大丈夫、飛んで逃げられるよ」

——へび、はやい。おおきい。

猫が尻尾を足の間にくるりと丸めた。毛を逆立てる。俺は慌てて抱き直す。

——へび、きた。

背後から、甲高い音が響いてきた。

猫の目がぐるりと回り、俺の目を見つめた。

——へび、おまえより、おおきい。

突風。

右手からの風圧と同時に、ぱあああぁぁーーーーん、というけたたましい音がした。

警笛だった。

「……っ！」

フェンスの向こうを電車が走りぬけていた。

線路に敷き詰められた石が震える。

車両は、いつまで経っても途切れない。子猫はガタガタと震えて丸まっている。

すべてを察した俺は、前方に走り出し林を抜けた。

抜けた先には広い踏切があった。

あぁそうだ。ここはこの子猫を拾った踏切を過ぎた電車が、次に通る踏切だ。

縞模様の棒が上がる。立ち止まっていた人々が動き出すと、幼稚園児くらいの少女が一人、残された。

真顔で突っ立っていた少女はこちらを見て、ぱあっと顔を輝かせる。

「ほっけ！」

俺の腕から子猫がぴょんと飛び降りた。無我夢中で宙を走って、少女の胸に飛び込む。

「ほっけ！　ほっけ！　どこに行ってたの？　ぶじでよかった！」

子猫……ほっけの興奮した思念で頭が弾けそうになった。

――ママ！　ママ！　ママ！

という激しい想いは……しかし、喜びに満ちて心地いい。

俺は少女の目の前にしゃがみ込む。

「お兄さん、ほっけをたすけてくれたの？」

「……あぁ、迷子になっていたから保護したんだ。ずっと君を探していたみたいだよ」

「よかった。ずっと、見つけられなくて……」

少女は泣きそうだったが、ほっけがちろりと頰を舐めるとすぐに笑った。

「この子はね、パパとママと――三人で、『じょうとかい』でもらってきたの」

「そうなんだ」

「ほっけをうんだママはいないから、あたしがママなの。だからちゃんとお世話しないとなの。でもこの前、おうちの玄関から飛びだしてっちゃって、あたし追いかけてね……」

そこで彼女は、踏切を見た。

ぼおっと見つめているうちに、少女の姿は薄くなっていく。

「この子、あたしのせいで、ずっとお空にいけなかったのかな……」

向こうがほとんど透けて見えるようになったころ、少女は優しい笑みを作った。

「よかったぁ、見つかって。いこう、ほっけ」

猫は「にゃあ」と返事して、少女の肩に登った。

「お兄さん、ありがとう」

った。


「あぁ……気をつけて。さよなら……」

そして少女とほっけは、消えた。

警報機の足元には、花束やお菓子、それから女児向けのおもちゃがいくつも置いてあった。


美蔵堂の引き戸をすり抜けて入ると、カウンターでなにか丸いものを乾拭きしていた類が、顔も上げずに言った。

「響さん。これ見てよ。『猫ちぐら』だよ！　普段はこんな新しいもの買い取らないいんだけど、状態がいいし、よく見ると職人技が光るなと思って、ついね。なにかの思し召しのような気がしない？」

彼は手を止めて、やっとこちらを向いた。そして小首を傾《かし》げる。

「猫は？」

「成仏した」

古時計の秒針が淡々と鳴る。

「酷い顔だ……。あぁ、わかった。君は子供とお年寄りにはやたら甘いんだ。それ絡みだろう？」

「……」

「落ち着いたら、夜にでも聞かせてよ。今日も泊っていくといい」
俺は頷《うなず》いて、店の隅にあったアンティークのクローゼットのなかに入り、陽が暮れるまで体育座りをしていた。

了

霊感少女

ある夜、ベッドから類の声がした。

「なにか話してくれないかい？」

眠れないみたいだった。小さなランプが作る影絵がのそりと動く。

帰るのが面倒になって今日も梁《はり》の上で仰向けになっていた俺は、頭の下に両腕を組んだ。

「そうだな……この前、こんなことがあったんだが――」


「私、実は、視えるの……」

と、その少女は言った。制服のブレザーを着た、長いストレートヘアの学生だ。

美蔵堂からほど近い、ハンバーガーショップの二階席でのことだった。

いつものように、執筆の合間に類に会いに行き、少し話をしたあと。

家に帰る途中、ふと漂ってきた脂の匂いに釣られ、硝子をすり抜けて店の二階へ入った。たまに無性に食べたくなるこの感じ……生きていたころが懐かしくなる。

もちろん今は食べられない。広い窓を背にしたボックス席が空いていたので、そこへ座って人々の会話でも聞いてみようと思った。

「視えるって？」と少女の向かいに座った、眼鏡の少女が訊き返す。

「霊、が……」

俺の席からは、二人がけの席で向かい合う少女たちを真横から見ることができた。

長いストレートヘアの少女の、まっすぐに揃えた前髪の下の目が、ちらとこちらを見た。俺は驚いて、上目で様子を窺う。視線がぶつかると少女は、「ひっ！」と肩を竦めた。

「ま、窓のところにいる……！」

「ええー？」

「本当に、いるの……ほら、今動いた！」

少女はうつむいて、両手でドリンクの入った紙コップを握りしめた。

「本当に？」と怪訝《けげん》な顔で問われ、彼女は泣きそうな顔でこくんと頷く。

少し申しわけない気持ちになってきた。だが立ち去るのは惜しい気がして、できるだけ大人しく話を聞いていることにした。

「いや、どこよ？」

「あ、あそこ……」

少女は恐々と俺のいるほうを指差す。

「ベタって、張りついてる」

──バン！

と、背後の硝子が音を立てた。咄嗟に振り向いてしまったことを後悔する。

青い顔をした老人が、蛙のように張りついていた。

──バンバン！

老人は再度、硝子を叩く。俺は息を止めて高く飛びあがり、距離を取った。天井の角に寄り、身構える。

「ひ、人が……いるの」

老人は歯の抜けた口をまん丸に開いて、つぶらな黒目でストレートヘアの少女を見つめていた。その顔貌はボウリング玉に穿《うが》たれた穴みたいだった。

眼鏡の少女は呆れた顔で窓と少女を交互に見る。

老人はずずず……と硝子をすり抜けてきた。俺がやるのとは少し違う……摩擦抵抗が強いなか力を入れてなんとか入り込もうとしている……という感じだった。

そういえば、いつか類が言っていた。「響さんがすいすい動けるのは自我がはっきりしているから」と……。

「きゃっ……！　どうしよう、なにか言ってる……！」

手足より先に、ずううっ……と突き抜けてきた口が、確かに動いていた。

なんだ？　と俺も凝視する。

――視、エ、ル……？　視、エ……ル……？

老人の唇は、そう動いているようだった。

眼鏡の少女が「なんて言ってるの？」と尋ねる。

長い髪の少女は答えた。

「い、『一緒に死のう』って……！」

俺は目をしばたたく。

そんなに長い言葉ではないのは、すぐにわかる……のだが。

「真っ白いワンピースの、血まみれの女の人が、そう言ってるの！」

少女は、頭を抱えてヒステリックに言い、硝子を指さした。

瞬間、丸い口を大きく開いた老人が完全に硝子を抜け出す。

――指シタ……刺シタ刺シタサシタサシタ……。

「あっ、今度はあっちに、髪が伸びてく……」

長い髪の少女は、今度はてんでなにもないところを指さした。そして不思議な形に手を組んで目をつむった。

「悪霊退散……悪霊退散……」

眼鏡の少女は、ぶつぶつと呟く友人を複雑な顔で見ている。床に降りた俺は、パーティションの陰から様子を窺い続けた。

老人は、床を這って少女たちに近づいていく。

長い髪の少女は、ふぅ、と息を吐いて手をほどいた。

「もう大丈夫。ごめんね、よくあるんだ……」

「そ、そうなんだ」

老人は長い髪の少女の足首を摑んだ。俺は少しだけ焦ったが、少女は気づかず、ストローに口をつける。

やがて老人は彼女の首に腕を絡め、嬉しそうな顔でその背におぶさった。

――視　エ　テ　ル。

そこへ、少女たちと同じ制服を着た派手な四人組が現れ、二人に声をかけた。

「おつー」「偶然じゃーん」と手を振って、少し離れた席へ座る。どうやらクラスメイトらしかった。

その間も青い顔の老人は彼女の首に絡まっていた。

「なんか、頭痛くなってきた」

長い髪の少女はそう訴え、眼鏡の少女を促して店を出ていった。

青い顔の老人をおぶったまま。

俺は彼女たちのいたほうへ歩いていく。すると、派手な四人組の一人が言った。

「てかさー、さっきの、ゆあちゃん？　って霊感あるらしいよ」

「あーあれ嘘だよ。中学のころから注目されたいときすぐ言うんだよね」

俺は壁をすり抜けて外へ出た。上空から探すと、ゆあちゃんはすぐに見つかった。

彼女は、前から歩いてきた、首が真後ろに曲がった霊の躰をすり抜けていった。相変わらず青い顔の老人を背負ったまま。

「あぁ……最初のは、まぐれか」

少女は歩きながら肩に手を当て、重そうに顔をしかめてスクールバッグを背負い直す。もちろんその手は絡みついた老人の腕をすり抜ける。

――視エテル。視エテル。

老人は愉《たの》しそうに、がっちりとしがみついていた。


「変な嘘はつくもんじゃない、という話だ」

語り終えた俺は寝返りを打って宙に転がった。天井付近から部屋のなかを見下ろすと、橙色の薄灯りに抱かれ、類は繭《まゆ》のように丸くなっていた。

寝息が聞こえてきた。話し疲れた俺も、まどろみの沼に落ちていった。

翌朝、類は身支度を整え終わったころ、唐突に言った。

「嘘というのはね、別の世界を作り出すことで、今の世界にいる自らを縛ることでもあるんだ。呪うことにも似ている」

すっかり忘れられているだろうと思っていたので、少し驚いた。

「だから、僕は嘘はつかないんだ」

類は俺の顔を窺うようにちらと見てきた。虹彩《こうさい》に落ちるわずかな光が揺らぐ。

彼は窓を開け、薄暗い部屋に清々しい朝日が射した。

了

模様硝子の向こう

ある日、美蔵堂の近くを類と歩いていたとき、気になる民家を見つけた。

おそらく昭和に建てられたであろう年季の入った家で、外装がとにかく古い。あちこち錆《さび》が浮き、塗装も剝《は》げているのだが、人は住んでいるようだ。

その家のなにが気になったのかと言うと、二階にある模様の入った磨《す》り硝子の大きな窓だ。こういったものは、最近ではとんと見かけない。

その硝子の向こうには、ぬいぐるみが飾ってあった。鮮やかな黄色のずんぐりむっくりした体軀《たいく》、上半身には真っ赤な服を着ているようだった。

「あれ、○ーさんかな？」

俺がなんとはなしに指を差すと、類は顔を上げて「本当だ」と答えた。

「たまにあるよな、ああいう家。外に向かって物を飾ってある。家のなかからじゃ見えなくなってしまうのに」

「ああ、ね」

それ以来、そこを通るときはなんとなく窓を見上げるようになったのだが、ある日、「○ーさん」はいなくなっていた。

代わりに茶色い熊のぬいぐるみらしき影がいた。飾りを入れ替えたのか。マメな住人なんだな……と思ったのもつかのま、その家から目と鼻の先にあるごみ捨て場に、見覚えのある黄色いぬいぐるみが捨ててあったのだ。

近づいてみると、案の定「○ーさん」だった。まだ綺麗で、経年劣化もないように見えた。

それだけならすぐに忘れただろう。しかしそれからというもの、通るたびに同じようなことが起きた。

数日しかたっていないのにごみ捨て場に茶色い熊が置かれ、磨り硝子の向こうは黒いうさぎらしきものに変わる。

その数日後には黒いうさぎが捨てられ、それが置いてあった場所には、赤い猫のキャラクターのぬいぐるみがいる……というふうに。

次々、次々、代わっていった。

「もったいないな。飽きっぽい人なんだろうか？」

俺は美蔵堂へ行った折に類にそのことを話してみた。

「どんな人が住んでいるか知ってるか？」

「あぁ、あの家……。高齢の母親と娘の二人暮らしだったかな？　付き合いはないからちゃんとは知らないけれど」

「なんであんなにほいほい捨ててるんだろう？」

物を大事にする類ならば、もったいないという気持ちに共感してくれるかと思いきや、彼の歯切れは悪かった。

「なにかあるんだろうよ。そんな気がする」


その帰り道もあの磨り硝子を見上げると、また違うシルエットのぬいぐるみが見えた。今度はベージュが基調で人型に見える。菓子パンが頭に浮かんだ。

俺はとんと地面を蹴って、硝子のそばへ行ってみた。

夕日に照らされた窓は、紫色の光を妖しく照り返していた。

霞んだ奥に、人のいる気配。

そうっと顔をすり抜けさせ、なかを覗くと……八畳ほどの洋間だった。

正面の突き当たりには、手すりのあるベッドが置かれ、老婆が眠っている。枕元には透明なピルケースにわけられた薬。ちょうど若い女性が片付けをしているところで、彼女はほどなく部屋の外へ出て行った。

老婆は世話こそ必要だが、つきっきりで介護をされているようでもなく、片付いた部屋の様子から察するに、あるていど自分のことは自分でできそうに見えた。すなわち、まだまだ元気だ。厭《いや》な気配もしない。

「なんだ」と呟いて、俺は外へ降り、歩いて帰ることにした。

ごみ捨て場にはいつも通り、先日まで飾ってあった犬のぬいぐるみが捨ててあった。

だが、その首元には、よく見ると大きな切れ目が入っていた。

破れたのではなく、刃物で深く切ったような切り口だ。ぱっくりと割れたところから綿が見えている。

もしかして、いつもこうだったのだろうか？

途端に気味悪さがこみ上げて、俺は早足で帰った。


「どういうことだと思う？」

美蔵堂の店休日、俺は二階でのんびりしていた類にこのことを話した。

「そんなに気になる？　わざわざ首をつっこまなくとも」と類は面倒くさそうに答えた。

俺は密かに「人こわ」が書けるかもしれない、と思っていた。「幽霊よりも人が恐い」というホラー小説の一ジャンルだ。ぬいぐるみの首を次々切りつけて捨てるなんて、意味がわからない。

俺は類を連れ出し、あの家へ向かった。

「介護のストレスとか？　そんなふうには見えなかったんだが」

「さぁ……ちゃんと見なかったからわからないな。この家からは変な気配はしないけど……」

「そうなのか？」

「むしろ逆で……あ」

家の前に着くと、遠くからその家の娘さんが歩いてくるのが見えた。家に侵入したとき、部屋を片付けていた若い女性だ。

彼女は、大小さまざまなぬいぐるみの入ったおもちゃ屋の袋を肘にかけ、はみ出したひときわ大きな人型のぬいぐるみを胸に抱えていた。

「うちになにかご用ですか？」

彼女は軽く息を切らしていた。急いでいるらしかった。

「いえ、道に迷って立ち止まっていただけですよ」

類は薄く笑って何気ない様子で答える。

「ぬいぐるみ、お好きなんですか？　ずいぶんたくさんだ、かわいいですね」

「かわいい……なんて……しかたないんです」

彼女は声を慄《ふる》わせて答えた。

「早く飾らないと……」

彼女は失礼しますと呟いて、そそくさと家のなかに入っていった。

見上げると、磨り硝子の向こうには、今日はなにも置かれていなかった。

その翌日、美蔵堂へ行くと類が教えてくれた。

「あの家のお母さん、亡くなったそうだよ」

「え……」

「昨日、娘さんと話した時刻にはもう亡くなっていたらしい。なにかの発作でね、救急車が来て運ばれていったのを近所の人たちが見たって……」

「そんな、あのときにはもう？」

「しかもね、運ばれていった女性は首から大量の血を流していたらしい。苦しかったのか、自分で掻き毟《むし》って指先を真っ赤にして……」

「首……を……？」

捨てられたぬいぐるみを思い出す。

「まさか……」と声が漏れた。類は頷く。

「補充するのが間に合わなかったんだろう、身代わりを……」

家の前で会った娘さんが新しいぬいぐるみを持っていたのは、そういう……。

「どうして、窓辺に？」

「そりゃあ君、あの窓から入ってくるからだろうよ。悪いものが、ね。方角か立地か、はたまた他の由来か知らないが……そういう場所っていうのはあるんだよ」

類は静かに目を伏せた。

あの窓に近づいたときの妖しい照り返しが脳裏に浮かんだ。

「あの家以外にもね。『外に向けて飾っておこう』って気持ちになるのは、外からくるなにかを無意識に感じているからさ。本人がなにも恐い目に遭っていなくとも、なんの自覚を持っていなくとも、視えないなにかを相殺したくて、してしまっているんだ」

帰り道、例の家の前を通ると、「忌中」の張り紙がしてあった。

磨り硝子の向こうには新しいぬいぐるみたちが、ぎゅうぎゅう、ぎゅうぎゅうと、恐怖の隙間を埋めるかのように、詰め込まれていた。

以来、俺は家や車の窓辺に外向きに飾られているものが、気になって仕方がない。

了

気づいた日

昔話をしよう。俺が御蔵坂類に出会う前の話。

自分が死んでいることに気づいた日の話。


蒸し暑い夏のある朝、朝食を買いにコンビニへ行こうとすると、アパートの前では大家の井倉《いくら》さんが掃き掃除をしていた。

さっ、さっ、さっ、と音を立てていた箒《ほうき》を止め、彼は皺《しわ》としみだらけの顔を上げる。そして滑舌の悪い話し方で言った。

「おはようさん」

「あ……はよざいます……」

俺は下を向いたまま、小さく頷いて返す。上手く声が出なかったが、井倉さんは薄く笑ってくれた。

「えらいねぇ……あいさつ……して……」

立ち去ると、ぼそぼそした声は蟬《せみ》の声にかき消された。

彼はここ、「名枯荘《ながれそう》」の一階の東の角部屋に一人で住んでいるらしい。もう九十近い老人で、あいさつ以外に接することはないのだが、毎朝掃除している姿を見る。

コンビニへ着いたが、なんだか食べたいものがなくて、店内をうろうろするだけで帰って来てしまった。そのときもアパートの前には井倉さんがいて、また挨拶してくれた。

「おはようさん……」

俺は会釈して部屋へ入る。

ぼんやりとした心持ちのまま、俺は仕事をしようとパソコンに向かった。

「あれ?」

ディスプレイから目を上げて壁の時計を見ると、書き始めてからまだ十分しか経っていなかった。おかしいな。もう百枚を突破しているのに。だが右下に表示される日付が変わっていることに気づき、ぎょっとする。

丁度、丑《うし》の刻のころだった。死にぞこないの蟬の声が、遠くから微《かす》かにしていた。

なんだか筆が乗っているみたいだ。

手を伸ばして、机の上に置いてある照明のリモコンを人差し指で押す。点かない。電池切れだろうか? いや、ボタンがへこまない。故障か。

俺は諦めて背伸びをし、ベッドの上に横になった。

うとうととしながら考えを巡らせる。そういえばもうずっとお手洗いへ行っていない。

目が覚めたらなにか飲もう。脱水にならないように。電池も、買いに行こう……。

やがてまどろみ……に似た状態で、ぼんやりと明け方を迎えた。

あれ？　どのくらい寝たのか……いや、眠ったのかさえ、わからない。

ニュースを見ようとパソコンを立ち上げると、壁兎《へきと》出版の担当編集、濱《はま》氏からメールが来ていた。

墓森さま

お世話になっております！

「ミッドサマー」見ましたよ！　墓森さんのおすすめ映画はどれも面白い！　妻には見せたくない（笑）

ところで、月末〆切の短編の進捗はいかがでしょうか？

（※以下略。掲載時の挿絵画家の話や、少しの雑談）

本名は嫌いだと伝えてあるのに。忘れているのか、わざとなのか。

濱氏は少し馴れ馴れしいというか、ぐいぐい来るところがある。有名私立の文系卒らしい気さくな年下の男性だ。向こうから喋ってくれるので、俺のような人間とは仕事相手として相性がいい、とは思う。

短編の〆切……書下ろし長編にかまけていて完全に忘れていた。だがプロットはできている、問題ない。「順調です。今週末には初稿を送ります」という旨を返信しておいた。

今日は何曜日だったか……思い出そうとして、やめた。どうせ一日で書ける。

メールボックスには、他にも電気料金とクレジットカード利用料のお知らせが来ていた。今月も無事に引き落としが完了したそうだ。

プロットを読み返していると興が乗ってきて、俺はそのまま短編を書き始めた。

「——あれ？」

ディスプレイから目を上げて、俺はふと窓の外を見た。枯れ葉が木枯らしに舞っていた。空は、薄明るい。今どのくらい書いただろう？

「……？」

メールボックスを確認すると、俺は短編も、書下ろし長編もすでに送付していた。

違和感が首をもたげる。

今書いているのは……なんだろう

長月は寝食も忘れて小説を書いていた。元より起きて、執筆して、寝て、という生活だ。これまでと、ほとんど変わらない。

どころか疲れないから集中できている。

「ん？」

自然と湧いた、文章の続きのような感想に戸惑い、画面に目を走らせる。

食欲も、尿意もない。本当は眠気もないのだが、彼は生きていたころのように寝たふりをする。いつしか流しに置いたコップのなかの水も蒸発していた。

手足の先がすうっと冷えた。

「あ……」

まろぶようにキッチンへ行くと、アイスコーヒーの色を薄く残した、汚ないコップが置いてあった。

頭が痛くなってきた。

なんだこれは？

あの文章……俺が、書いたのか？

長いあいだ、ずっと文字を綴《つづ》っていた……ような気はする。

だがあれは、まるで私小説みたいじゃないか。

あれ……？　いや、そうか。

俺は小説家なのだから……だから、小説は書くだろう。

それよりコップを洗わなければ……。なのに……なぜ……コップにさわれない？　蛇口も、ひねれない……。

厭な動悸《どうき》がした。俺は胸を押さえてディスプレイのなかの文章をもう一度読みに戻った。すると……。

長月の死体は、いったいどこにあるのだろう？

——という文章を、俺の指が打った。

「うっ……！」

玄関へ走った。ドアノブに触れられなかったのに外へ出ていた。一足飛びに階段を下りる。転ぶ。痛くない。あぁ、ドアをすり抜けたのだ、と遅れて気づく。

門扉の前では井倉さんが今日も朝の掃除をしていた。

俺はそれに目もくれず、彼の脇を走って往来へ飛び出していった。

井倉さんの「あぁぇ？」という不思議そうな声が聞こえた。


昼日中の住宅地を走り、商店街へ来るとたくさんの人がいた。いつの間にか誰もがコートを着込んでいた。誰もこちらを見はしない。青い顔で震えて、道のど真ん中に立ち止まる男を、誰一人……。

「だ……誰か……あの……」

買い物帰りの主婦らしい女が、俺の躰をすり抜けていった。

「誰か……」

何年振りだろう。こんなに大きな声を出したのは。しかし反応はない。町は俺を抜きに廻っている。

夢……？　だが、夕方になっても覚めなかった。俺は焼鳥屋の前でずっとしゃがみこんでいるというのに、誰も意に介さず、俺の顔に膝をめり込ませて買い物をしていく。

「俺……は……」

ぽつりと呟く。そういえば寒くない。

厭な予感を、心はだんだんと受け入れる。

やがて日没が訪れた。最初の衝撃が過ぎ、しゃがんだまま通りを観察していると、妙なことに気がついた。

人混みのなかに、明らかにおかしなものが混ざっているのだ。真っ青な顔の、首にロープが絡まったサラリーマンや、胴体の裂けた子供など……。道行く人は誰も気がつかない。俺は動いたらなにかよくないことが起こるような気がして、息を殺していた。

幽霊……化け物……怪異……？　いわゆる、そういう類《たぐい》のものか。

今まで、視えたことなど一度もなかったのに……。

「死んだ、から……？」

口に出すと、きゅっとのどが絞まるような気がした。両の手の平をまじまじと見つめる。目を凝らすと向こう側が透けた。

「なるほど。これが幽霊か……」

ふと不穏な気配を感じて振り返ると、路地の暗がりから黒い手がいくつも伸びて、こちらを指差していた。夜の気配が濃くなっていた。このままここにい続けることに抵抗を感じ、俺は家へ帰ろうと思った。

……そういえば、と気づく。

家を出たとき、井倉さんは俺に反応していたような。

もしかして霊感でもあるのだろうか……？　彼は少し呆けているようなところがある。

「寿命が迫ると視えるようになる」というのは、よく聞く話だ。

早足で暗い道をゆくと、見慣れたトタン屋根が見えてきた。明日の朝、井倉さんに挨拶して確かめてみようと思った。

だが……アパートの門扉に近づいたところで、あの音が聞こえてきたのだ。

さっ、さっ、さっ……。

「――おはようさん」

街灯の光を受けて、真っ暗闇から浮かび上がった彼は、言った。箒でアスファルトを掃いていた。

認知症……ではない気がした。返事をしあぐねていると、彼はもう一度言った。

「おはようさぁん……」

さっ、さっ、さっ……さ……。

箒を動かす手が止まる。

「おは……よぉ……さ、ん……」

そのとき、後ろから足音がして、俺はぱっと振り返った。同じアパートに住む、壮年の男がこちらへ歩いて来ていた。

同じアパートの住人が三人。深夜に門扉の前に揃ったわけだ。

それなのに……彼は俺たちを両方とも無視して――いや、どちらもそこにいないかのように通り過ぎて、まっすぐ外階段を上って自室へ入っていった。

井倉さんはそちらを見ない。

俺だけを見ていた。

「おは……おは、おはおはおはお……」

井倉さんの両目は真っ黒な穴になっていた。俺はぐっと悲鳴を飲み込む。

「おはようおはようおはよおはよ、おはおはおは、おおおおはよぉ、おはよおはよおはよう……」

耳まで裂けた口のなかは真っ暗で、腐った匂いを放ちながら弓なりに吊り上がる。双《ふた》つの穴がどんどん大きくなって、顔全体が一つの穴になっていく。

彼には、「霊感」があるのではなかった。

彼自身が……俺と、同じ……。

闇が目の前に迫る。

俺の意識はそこで途切れた。


それから。

俺は自分の部屋の床の上で目を覚ました。

井倉さんの真っ黒な顔を思い出し、ぞっとして躰を抱きしめる。日は高く昇っていて、外からサイレンの音がしていた。自分はこれで目を覚ましたらしかった。

アパートの前には人だかりができていて、パトカーが止まっており、警察が布をかけた担架を一階の部屋から運びだしていた。

井倉さんの部屋だ……と思った瞬間、担架からずるりと黒ずんだ腕が落ちて、ぶらぶらと揺れた。

「孤独死だって……」

野次馬が噂する声が聞こえてきた。

「最近見ないと思ったら……」

「毎朝掃除してたおじいさんでしょう？　いつも挨拶してくれてたのに、もう夏くらいからずっと見ていなかったものねぇ……」

あの真っ黒な眼窩《がんか》。顔。そして黒ずんだ腕。

彼はずっと自分の死に気づかずに、毎朝の習慣だった掃除をし続けて……。

じっと自分の両手を見た。

俺は気づいた。

気づいてしまった。

――それ以来、記憶が飛ぶことはなくなった。

了

幽霊作家

自分がなぜ死んだのかはどうしても思い出せなかった。

どこで、どうやって、というのも。

死体が今どうなっているのかも。

表でたまに見かける、明らかに人ではない姿かたちの者や、影に似た者たちは、井倉さんのような人の成れの果てだったのではないかと思う。

気づかないままだったら、俺もああなっていたのかもしれない。


その後も、行く当てがないので家で過ごした。

「気づいてしまった俺」は、もうパソコンにも触《さわ》れなくなっているのではと思ったが、それは杞憂だった。部屋中の物で試してみたが、不思議なことに、触《ふ》れられるのはこれだけだった。

「そうだ……メールか、通話なら……」

誰かに助けを求められる。俺はアドレス帳をクリックした。

が、親は事故と病気で他界している。専業作家なので勤務先もない。恋人もいない。

友人……と思いかけてスマホがないことに気づく。黒い鏡面のモデルが気に入っていた
のに、部屋のどこにも見当たらなかった。

「いや……友達も、いないか」

高校の友達とは実家を離れて以来、疎遠だ。デビューまでは様々なアルバイトをしな
がら投稿作を書くだけの日々だったから、大学へ進学したり、きちんと就職した級友た
ちとは、顔を合わせづらくなっていたのだ。同窓会にも行ったことがない。

あとは……デビュー前に少しだけ通っていた、小説講座の仲間？

いや、もうどんな人がいたのかもよく思い出せない。何度か飲み会もあって、気楽に
話せる相手もいたような気がするのだが……？

「……濱氏しか、いないか」

濱氏はデビュー版元の担当で、一番気心が知れていた。

しかし、この状況をなんと説明しよう？

俺は悩みに悩み、半日かけてメールを書いた。

だが三日後にようやく来た返事は、要約すると「すみません、ばたばたしてました。

墓森さんがふざけるのって珍しいですね（笑）。なにはともあれ早く原稿くださいね！」

というものだった。

「違う、本当なんだ、家に誰もいないことを確かめてくれ」というようなことを打とうとして、指が途中で止まった。

東京の出版社の人間が、こんなことでわざわざ人を寄こすはずもない。

それに、死体がないのだ。

家を調べてもらったところで、俺は「行方不明」にしかならない。アパートはそのままに居を移したと思われるだけではないのか。

「ふざけている」以外のなんになろう。

しばらくのち、ネットバンクにアクセスしてみた。

原稿料が入り、印税が入り、家賃を始めとした毎月の固定費が引き落とされている。

食費はかからなくなったし、風呂やエアコンを使わなくなったぶん光熱費も減っていて、残高は着々と増えていた。

「…………」

これの、なにが問題なのかと。

一度思うと早かった。

バックスペースを数秒間押して入力していた文章を消す。そして新たに打ち出した。

今度からゲラは紙ではなくPDFで送ってください。書き込みしてデータで返送します。それから、今後は掲載誌や書籍の見本はお送りいただかなくてけっこうです。完全に電子書籍派になりましたので、紙は一切手元に置きたくないのです。

俺はそのまま次の〆切の原稿を書き始めた。

作業効率が上がると、今度はネタのストックが足りなくなってきた。いつもは体力のほうが追いつかないので書きたいことが溜まる一方だったのに、こんなことは初めてだった。

メールの通知がポップアップする。電子書籍のセールの案内だった。

俺は生きていたときと変わらず、読むか、書くか、調べものをするくらいしかやることがなかった。

繰り返し繰り返し。

毎日同じことの繰り返し。

執筆に集中できる日々は理想的だったが、ずっと続くとじわりと効いてきた。

緩やかな幸せには漠然とした影がつきまとう。人間というものはそういうふうにできているのだと思う。

それに……もしもまた気が変になっても、今度こそ気づけないかもしれない。それが恐かった。

なので、久方ぶりに外へ出てみることにした。

少し緊張しながら玄関のドアをすり抜けた。春の香りが頬を撫でる。

外階段にはどこからか飛んできた桜の花びらが渦を巻いていた。地上に降りるころには、自分が死んでいることを忘れそうになった。

住宅地を歩き、商店街、公園と散歩してみた。他人をじっと見ても見つめ返されることもなく、なにも言われない。車のなかで喧嘩しているカップルをフロントガラスから見つめても気づかれなかったときは、正直、ぞくぞくしてしまった。

酷く自由だ。

これが霊か。

数々のホラー小説を読んできたが、こんな気持ちは読んだことがなかった。

次は映画館へ行ってみた。案の定、誰も俺を止めることはなく、タダで入ることができた。それほど観たいものがなかったので、ファミリー向けの3DCGアニメの洋画を観ることにした。万人受けするエンタメ作品の脚本は、参考になることが多い。

俺は一番後ろの席に座り、ぼんやり眺めていたのだが、あまりに退屈な内容だったので、つい「あーぁ」と落胆の声を上げてしまった。

館内に声が響く。やはり誰も反応しない。

そう、思っていたのだが……。

——あーぁ……。

こだまのように、前から聞こえた。

「なんだ？」

誰にも反応されないのをいいことに、大声で独りごちるのがすっかり癖になっていた。

静寂が続く。しかし、もう一度聞こえた。

——なんだぁ……？

俺は息を飲む。声は、少しの笑いを含んでいた。

真似……されたらしい。

だがそれは子供の声なんかではなく……もっと奇妙な……人の声とも言い切れないような、おかしな音で……。

——゛あぁあぁぁぁ。

瓶の口に息を吹きかけたような音だった。

——ぼおおぉぉぉ……。

最前列の席で細長いものが揺れだした。目を凝らすと、まるで手を振っているように見えた。

――ぼおおぉぉぉ、ううぅぅ……。

腕が曲がり、半分見えていた頭が伸びる。

「それ」は背もたれを摑んで振り返った。

――あぁぁぼおぉぉおぉぉうぅ？

息を殺す。調子に乗り過ぎたことを理解する。

それはぐるりと、観客一人一人に血走った目を走らせた。

――あぼぉぼおうぅ。

〝遊ぼう〟

そいつが動き出した。

観客たちは、スクリーンに釘付けのままだ。

俺も動揺を押し殺してスクリーンを凝視する。そいつは通路を進みながら、ときおり観客の顔をじいっと覗き込んだ。舌が届きそうなほど間近で……だが、みな彼を透かして向こうのスクリーンを見ている。

やがてそいつは通路の階段を上がってきて、近づくにつれて俺の視界の外へ出た。目で追ったらたぶん気づかれる。よそ見は、できない……。

と思った瞬間、そいつがぬぅっと眼前に現れた。

その顔貌は、壊れた玩具のようだった。うさぎをモチーフにした映画の主人公にどこか似ていたが、目鼻は福笑いのように不安定な配置だった。俺は映画を観るふりをして、まっすぐに見つめるしかなかった。だんだん耳鳴りがしてきて、映画のなかのうさぎが「遊ぼうよ！」と言う声が重なった。

永遠のような数秒……が終わると、映画が終わりスタッフロールが流れ出した。帰りだす人の群れに紛れて、俺も席を立つ。走って逃げたりしたら……多分、今度こそ気づかれる。

俺は生者に交じって、なんとか穏便に映画館を抜けだそうとした。

「……はぁっ……はぁっ……」

自然に、自然に……そう思うほど不自然に息が上がる。

そして、出口が見えたところでなにかを踏んづけて転んだ。

そう、霊の俺が。靴底はそれをすり抜けなかったのだ。

両手をついて起き上がり、振り返ると……足元には映画の主人公の指人形が転がっていた。幾度も踏みつけられたのか、顔がひび割れ、トレードマークの長い耳も片方千切れている。これはたしか……公開初期に来場者に配られていた入場特典のグッズだ。

だがそこで、床に手をついたままの俺の目の前を、すうっと白いものがよぎった。

細い、男の手。

誰かが、それを拾ったのだった。

「あ……」と声を漏らし見上げた先には、摘まみ上げたそれに視線を落とす青年がいた。

「落とし物……とは言えないか」

〝もう〟

そう、ごく小さく続けた彼に、あいつが近づいていく。

絨毯の敷かれた明るい通路を追いかけていくと、栗皮色の髪に白い照明を反射させて歩く彼の後ろ姿が見えた。近づいて横から覗くと前髪の下には碧色《あおいろ》の双眸が覗いていた。歳は……俺と同じくらいか。

青年は、俺もあいつも一顧だにせず、出口で待機しているスタッフが持つごみ袋に指人形をそっと入れた。

そして、両手を合わせて目を閉じ、拝んだ。

スタッフが苦笑いする。「外国人だからかな?」とでも言いたげに。

「掃除は、丁寧にお願いしますね。汚れた物や壊れた物をそのままにしておくと、よくない、いものが集まってくるんで。きっと誰かが落として、踏まれたり蹴られたりして……気づかれないまま、こうなったんですよ」

彼はそう伝えて去っていった。

「それ」はその場に立ち止まり、か細い唸り声を上げながら、溶けていくみたいに消えた。

「え……？」

開いた口がふさがらなかった。

俺は青年の後ろ姿を見失わないように追いかけた。

「あ、あの……」

なにか言いたいのに、言葉が出ない。なぜ、あいつは消えたのだろう。よくないもの、とはなんなのか。うろうろと彼の周りを歩いていると……。

「――息を、止めればいいのに」

彼は溜め息交じりに呟いて、ドアが閉まる直前のエレベーターに入って消えた。

乗り損ねた俺は立ち尽くす。

彼は一度もこちらを見なかった。


俺は名枯荘に帰り、部屋でキーボードを叩いていた。

いったいなんだったんだろうか、あの人は。

俺の姿は、視えていなかったのだろうか……？

「『息を止める』って……？」

立ち上がり、息を止めてみる。

足がぬろぬろと床に沈んでいった。

……思えば、物には触れないのに床や地面だけすり抜けないのは、おかしな話だった。椅子の座面だって。

あることが脳裏を走った。パソコンに入っている辞書を引く。俺は息を飲んだ。


――「生きる」という語は「息」に由来する。


生きることとは、息をすることなのだ。

ならば息を止めるということは、死に近づく……ということ？

「土の下」というのは、それほど死に近い場所で……俺が地面や床だと認識しているものは、だから、「死」を意識しなければ、進入できない……？

息を大きく吸って、床を蹴ると同時に止めると、俺の躰は水中から水面へ浮かんでゆくように舞い上がった。ふよふよと、天井付近でただよう。念じると、思ったほうへすーっと進んだ。

苦しさに呼吸を再開すると、躰は落下していった。

といっても、ゆっくりとだ。空気を入れた風船が落ちるような速度で。俺はそのまま床に膝をつく。

「は……は……幽霊、か……」

笑いが込み上げた。

「これが幽霊か！」

俺は今日の貴重な体験を小説に落とし込んだ。

書きながら自分自身も、彼の正体が、物語の続きが気になってしょうがなかった。

でき上がった短編を濱氏に送りつけると、その日のうちに「いいですね！」という返事がきた。雑誌の枠が空いているので、ぜひとも怪奇短編として載せたいということだった。

久方ぶりに興奮した。

実体験は物語に深みを与えるらしい。

俺は今日、他の誰にも書けない小説を書いたのだ。

了

浜昼顔の崖、あるいは死因について

おかしなものは、こちらから近づきすぎなければ大半は気味が悪いだけで無害だ。

ただ北のはずれにある「浜昼顔の崖」で遭遇したあれは違った。

その場所は、「ハマヒルガオ」という地を這う植物がいくつもの花を咲かせる、一応観光名所のひとつなのだが、この町には他に見るべき寺や公園があるので、地元の人でもあまり知らない場所だった。

俺の死について詳しい経緯は未だにわかっていない。

けれど、どうやらその崖で死んだらしいのだ。

映画館での一件から、数日後のことだった。

俺は散歩をするとき、漠然とあの青年を探すようになっていた。

その日は近所の散策に飽きて「普段は行かないところへ」と町の北西、海のほうへ散歩をしようと飛んでいったのだ。

遊歩道の階段を抜けると視界が開けて、林の隙間から潮風が吹いてくる。スペードの切っ先を潰したような丸い葉っぱのついた蔓《つる》が、地を這っていた。花はまだ咲いていないが、確かこれがハマヒルガオだ。

だが潮の香りを感じてすぐ、妙な動悸がした。

強い既視感……。

いや、生前も知っていた場所だ。既視感があってもなにもおかしくない。

だが、この異様なまでの胸のざわつきはなんだろう……？

思わずその場に膝をつく。

よく見ると、そこにはたくさん〝いた〟。

崖の縁の柵の下に線香と花束が置いてあった。その周りに、黒い影たちが静かに坐っている。

あぁ、そうだった。

「ここ」の話は、有名だ。

だから地元民はあまりこないのだった。

振り返ると、入口からすぐのところに小さな看板が二枚、立てられていた。

「思い出して、あなたを想う人がいる」。真新しい小さな看板には、そんな一文と、ボランティア団体の電話番号が書いてあった。

そしてもう一枚は、それよりもずっと古い、庇《ひさし》のついた看板。この場所の名とその由来が書かれたものだ。読みづらくなった看板の赤錆《あかさび》は、まるで血飛沫のようだった。

俺の見ている前で、庇のついた看板の裏から黒光りするものが覗いた。

鳥でも止まったのかと思い、俺は目をしばたたく。

人の頭頂、だった。

次いで前髪。俺の躰は硬直する。

そして……ぬうっと両目が現れた。

細い二本脚で立つ小さな看板の後ろには、人の足などないのに。

黒い両目はじっとこちらを見てきた。そうしているあいだもじわじわとせり上がる。

次に見えたのは鼻……ではなかった。それがあるべき場所に乾いた唇があった。

唇が開き、か細い声で言った。

「お　か　え　り」

俺は一目散に遊歩道を引き返し、住宅地を走った。

そのころの俺には、まだその意味を深く考える余裕がなかったのだが、その声はいつまでも耳の奥にこびりついていたのだった。

了

美蔵堂、あるいは死因について

昔話も、これで最後になる。

映画館で出会った青年をやっと見つけ、初めて美蔵堂へ行った日のこと。

そう、俺と御蔵坂類が今のような関係になったきっかけの日のことだ。


浜昼顔の崖での一件以来、また少し怖くなって、自宅に缶詰めになっていた。いつも昏《くら》い小説を書いているとはいえ、己が身に降りかかることには恐怖くらい感じる。生きていたころのように走って逃げてしまった。咄嗟に飛んで逃げるには、もう少し「慣れ」が必要みたいだった。

しかしそれも、時間が経つと「書き残したい」と思うようになるのだから、すっかり職業病なのだと思う。

空を飛んだり、床や壁をすり抜けたりできると気づいて最初にしたのは、もちろん自分の死体を探すことだった。しかし、天井裏にも周辺の土の下にも、アパートの貯水タンクにも、誰の部屋にもなかった。排水管にも潜ってみた。こびりついた脂や毛髪、水垢、屎尿《しにょう》で汚れたそのなかに、骨や歯や爪は見当たらなかったので、ここでもないようだった。

もちろんネットも調べてみたが、それらしい事件や事故のニュースは探せなかった。

俺の死は世間にもまるで認知されていない……ということらしかった。

電柱から電柱へと飛び、ときには地上へ降り、小さな町を彷徨《さまよ》う。急な雨の多い土地だが、幽霊には傘もいらない。

映画館は、当分いい。美術館も博物館も、次の企画展まではもういい。

……崖での一件を改めて思いだすと、少し違和感があった。

俺はもうおかしなものを見ても「近づかなければ大丈夫」と思うくらいには、慣れていた。なのに、あの激しい動悸はなんだったのだろう……？

それに、「おかえり」とは……。

寒くもないのに、背筋がすうすうした。

電柱の上で体育座りをしながら思い出すのは、映画館で出会った、あの不思議な青年のことだった。

彼ならわかるんじゃないか。

町の映画館で会ったということは、この辺りに住んでいる公算が高い。

それから俺は、朝な夕なに町を飛び回り、本気で彼を探してみることにした。

彼は個人経営の喫茶店で、フォークでカレーを食べていた。古いけれど陽当たりのいい手入れの行き届いた店で、なにより幽霊が一人もいなかった。経験上、古い場所ほどおかしなものがいることが多いのに、だ。

探し始めてから数日後のことだった。意外とすぐに見つけられたのは、彼の外見のおかげだ。髪や肌の色は元より、シルエットが他とは違う。背丈は平均的だが、手足が長いので目立つのだ。

俺が歩道から窓ごしに青年を見つけたとき、彼はこちらに気づいていないようだった。

壁をすり抜けて店内へ入っても無反応だ。少し離れた座席に座ってみたが、気だるげな横顔からは、なにを考えているのかまるでうかがい知れない。

そこへ、ドアベルの音と共に、恰幅のいい中年男性が現れた。

「やぁルイさん！　探しましたよ」

男は勝手に彼の向かいにどかっと座り、片手を上げて遠くの店員に「アイスコーヒー！」と言った。

ルイ、と呼ばれた青年は微かに厭そうな顔をした……ような気がした。

「猪狩《いがり》さん、どうしてここに？」

「『美蔵堂』が閉まっていたものですから、昼食を取りに出ているのかと思って。やっぱりここだったかぁ」

「出直してくれれば、すぐに戻ったんですけどね」

「いやいや、待っていられなかったんですよ。すぐに話したくってね！　まったく昼に閉めるなら店番くらい置いてくれたらいいのに」

「そういう店じゃあないんですよ。客なんて来ない日のほうが多い」

「あぁ、そう簡単に雇えないですよね。採算がね。で、あの鏡なんですけど、どうしても譲ってもらえないですか？」

ルイは長い沈黙のあと、はっきりと答えた。

「すみませんが、だめです。何度言われてもあれはだめなんです」

「でも、店に置いてあったじゃありませんか。こんなに頼んでいるのに！」

「…………」

猪狩はその後も粘り、ルイが店を出ると「美蔵堂」までついていくことにしたようだった。俺も民家の屋根を飛び、追いかける。

俺の姿は、ルイの視界には入っているはずだった。だが彼は遠くを見て歩く。

　その店は、歩いて五分もかからない場所にあった。

　年季の入った町家で、一階が店になっている。さっきの喫茶店と同じく手入れは行き届いており、木造の外壁が黒光りしていた。

　入口の上には「美蔵堂」という柳のように流麗な筆文字の扁額がかかっている。なんの店かはどこにも書いていないが、なかへ入るとすぐにわかった。

　古道具屋だった。

　アンティーク、と呼べそうな家具や小物が和洋折衷にところ狭しと並んでいる。引き戸に嵌っているのはよく磨かれた手延べ硝子だ。外の景色は歪んで見える。細かな気泡、規則性なく曲がる外光……。まるで水のカーテンで外の世界と隔てられているようだった。

　ルイは奥にあるカウンターへ座り、前かがみに肘をついて、組んだ両手で口元を隠しじっとしていた。

　俺は隅にある桐簞笥《たんす》の上に腰かけて、二人の様子を窺うことにした。

「あぁ、これこれ！　この鏡ですよ。なんど見てもいいなぁ、味があって。欲しいなぁ……」

　猪狩は、無遠慮に壁にかかった鏡に触れた。繊細な木彫りの枠がついた、オーバル型の鏡だった。大きさは二十センチもない。

猪狩の脂っぽい顔が、鏡のなかでニタニタと笑っていた。彼は彫り物や、鏡についての蘊蓄《うんちく》を語ったが、それが正しいのかはわからなかった。

「言い値で買いますよ。ねぇ、いいでしょう?」

「だめです。その鏡……呼び寄せやすいんですよ。飾っているのは見張るためです」

猪狩は……そして俺も目をしばたたいた。そして猪狩は大げさに笑ってみせた。

「本当ですよ」

と、ルイが言ったとき、店の引き戸が開いて客が入って来た。予約の客らしく、彼はにこやかに出迎えに行く。

笑いを引っ込めた猪狩は無表情になり、なんども出入口のほうを見た。ちら、ちらと談笑するルイと客の様子を窺う。

すると鏡を壁からさっとはずして、持っていたナイロンのビジネスバッグに入れてしまった。

俺は思わず腰を浮かせる。猪狩は出入口でルイに会釈して「また来ますね」となに食わぬ顔で店を出て行った。

客はルイから離れて店内を見始める。俺はルイの正面に回り、外を指差した。

「おい……！　おいっ、今の」

ルイは無反応だ。

「あいつ盗《と》ってったぞ、鏡！」

「えっ！」

彼は鏡のあったほうを振り向く。

「視えてるんじゃないかっ……！」

ルイは苦々しい顔ではっきりとこちらを見た。

間近で見た瞳の色に息を飲む。南国の海の色に似た碧色。

他人に見つめられたのは久しぶりだった。どうしてか、そのことが胸を打つ。

不思議そうな顔をした客がルイを呼んだ。彼は返事をしながら腕を組む。その顔には
「どうしたものか」と書いてあった。

「――俺が、追っとく」

地面を強く蹴り、浮かび上がった。

家屋を瓦を電線を、すり抜けて空を切る。

高いところへ上がると、丸いシルエットは北の方角に見つかった。

猪狩は重そうな躰を揺らして歩いていく。

バッグからは、なぜかあの鏡が顔を出していた。ファスナーが全開になって、不自然なほど上に上にせり出しているのだ。見ているあいだにも、また……。

「ふぅ……、ひぃ……」

息を切らす猪狩のあとを、俺は距離を取りながら歩いていた。

とにかく、鏡がどこへ持っていかれるかを見届けて……あとであのルイという人に報《しら》せればいい……だろう。

ふぅ……ひぃ……。

猪狩の足取りが、なんだかおかしい気がした。

温い風が吹き、潮の香りがした。

風の吹いてきたほう、右手に、見覚えのある林と遊歩道への入口があった。

「あ……ここ……」と俺は口のなかで呟く。

浜昼顔の崖だ。

猪狩がぴたりと立ち止まり、遊歩道の入口を向いた。バッグを提げた彼の手の先で、なにかが動く。

鏡の裏から、髪の毛が垂れていた。

続いて、前髪と両目が、木彫りの枠の裏から出てくる。小さな黒目は俺を見つけると、にたぁと細まる。

そして目と目のすぐ下の、口が動いた。

――い　こ。

「……っ！」

俺は思わず叫んだ。大きな声で。

猪狩には聞こえない。彼は虚ろな横顔で遊歩道へ足を踏み出す。しかし……。

「こっちか──」

険しい顔をしたルイが、息を切らして角から現れた。

途端にふっと空気が緩む。

気づけば鏡の裏に見えたものは消えていた。猪狩ははっとした様子で、爪先をルイへ向けた。

「あ……あれ……？　ここ、一本違う道だ……あれ？」

ルイはずかずかと猪狩に寄り、かがんでバッグから鏡を抜き取った。

「返してもらいますよ」

「あ……」

ルイは鏡を胸に抱えて、来た道を戻っていった。猪狩は憑《つ》き物が落ちたように立ち尽くし、やがて舌打ちをすると、図々しい生命力を感じさせる足取りで、どすどすと去っていった。

俺は空を飛んで、ルイを追いかけ、近くの塀の上に着陸した。

「危ないところだった」とルイは独りごちた。

……かと思いきや、横目で俺を見た。

「助かったよ。ありがとう」

通行人がきたからか、彼は気持ち尻すぼみに言った。

「あ、ああ……」

俺は黙って民家の塀の上を歩き、美蔵堂までついていった。


ルイは残してきたさっきの客の相手が終わると、早々に表の立て看板を仕舞って、店の出入口を締め切った。

「あ、あの……」

俺は店のなかに立ち尽くす。

「うん」

と、言ったきり、彼はカウンター裏にある通路の奥へ行ってしまった。壁をすり抜けて追いかけると、細い通路の先には給湯室があった。

こちらも古い小物が多いので店と一続きの雰囲気をしていた。彼は小さな流しの脇にあるコンロで湯を沸かし、ティーバッグで一人分の紅茶を淹れ始めた。

俺は帰るべきか迷った。しかしルイはマグを持ってカウンターの椅子に深く腰かけると「さて」と俺を見据えてきた。

なんだこいつは、という思いは膨らむばかりだった。

「喫茶店から、ついてきていたね？　あまりにもはっきりしているから、最初、生きている人かと思いそうになったよ」

彼は平然と、世間話でもするみたいに言った。

「ずっと、探していたんだ。映画館で会った日から……」

「映画館？」

彼は首を傾げ、長い長い沈黙のあとに「あぁ！」と叫んだ。

「人の顔を覚えるのは苦手でね。霊の顔も」


それから、彼とゆっくり話をした。

自分の事情を、初めて人に打ち明けた。

他人がリアクションを返してくれるのは、ずいぶんと久しぶりだった。会話、なんて生きていたころは、「嫌いではないが煩わしさのほうが勝ること」だと思っていたのに……。

幽霊が人に気づいてもらいたがる気持ちが、わかってしまった。

もっとも彼らは、ルイの話によると、俺と違い正気を失っているものがほとんどらしいけれど。

「あのときはどうして助けてくれたんだ？」

「助けたつもりはないよ。霊に構うとろくなことがないから、いつも視えないふりでやり過ごしてる。僕は厄介な物を捨てただけだ。あのうさぎには、弱い霊や、負の感情が吸い寄せられて膨らんでしまっていたんだ。でも自分がごみだとわかれば、それらはほどけて還っていく」

「息を、止めろと教えてくれた」

「あれは、半分愚痴だ……つい漏れたんだ。飛んで逃げればいいのにって、もどかしくなってしまって」

彼は冷めた紅茶を飲み干して、言った。

「君はなんだか、こう、はっきりとしているねぇ。自我がしっかり残っている」

「自我……」

「『自分を持っている』、と言い換えてもいい」

そうなのだろうか？　流されにくいタイプだとは思う。が、そういうことではないのだろう。思えば自分のような霊には出会ったことがない。

「これから、どうする気だい？」

「家に帰って仕事をする」

「ほら、そういうところだ」

ルイは声を出して笑った。俺は怪訝な想いで続く言葉を待った。

「普通『どうしよう！』ってなるところだよ。『生き返りたい』とか『どうすれば成仏できる？』とか思わないのかい」

「あぁ……」

俺は顎《あご》に手を当てて考えた。

検討してみたが、死んだ者が生き返ることはできないと思うし、今の生活がわりと気に入っているので変える必要を感じない、と素直に伝えた。

「そうかぁ……こんな人が自殺をするとは、僕には思えないな」

「自殺？」

ぽつりと言われた言葉を、ぎょっとしながら尋ね返した。

「あぁ悪い。話が飛んだね。今までの話を総合すると、その死因に行きつくなって、思ったんだよ」

「どういうことだ？」

「まず『部屋にスマホがない』と言っていたね」

あぁ、黒い鏡面の。と思い出す。

「屋外へ出かけているときに死んだんだと思う。この辺りは山もないから、死体を処分できる場所といったら海くらいしかない。だから死体が見つからないんじゃないかと思うよ。そして浜昼顔の崖で君が感じた異常な動悸、『おかえり』と言った霊……あの場所に縁があるのは間違いないだろう」

「なるほど……それであそこで死んだ……自殺した可能性が高い、と……」

「ああ。だけど、なによりね……」

ルイはやおら俺に近づいた。そして避ける間もなく、目をつむって俺の鎖骨の辺りに鼻を寄せてきた。

「君からは潮の香りがする」

「……っ！」

思わず押しのけようとした手は、彼の胸をすり抜ける。俺から離れたルイは小首を傾げた。彼はただ俺に近づいて真っ直ぐ前に鼻を寄せただけのようだったが、身長が違うせいで妙な絵面になったようだ。距離の近さは気にならない性質《たち》らしい。

「まだ自殺か事故か断定はできないけれど、あの場所で死んだ可能性は高いと思う。帰ったら玄関の靴を見てみなよ。ない靴がその日に履いていたものだ。手がかりになるかもしれない」

「そうか……俺の死体は、海に……」

俺はしばらく黙って考えたくなり、宙に浮かんだ。

「ねぇ、君さえよかったらなんだけど」

やがてルイは出し抜けに言った。

「助け合ってみない？　僕たち。君が今日みたいな活躍をしてくれると、助かるなと思ったんだ。代わりに君が幽霊の躰じゃできないことを僕がやってあげるよ。幽霊のことについても教える」

いわゆる「相互扶助契約」だ、と彼は言った。

「詳しいのか？　幽霊に」

「生まれたときから視えているからね。それに……」とルイは近くにあった鏡台にかけてあった布を捲った。

その瞬間、姿見に古風なドレスの女の後ろ姿が、ひらりと見えた。

「ゴーストつきの家具も扱ってる」

「……！　ここ、そういう……」

「海外のお客さんも多くてね。イギリスじゃあ喜ばれるんだよ、ゴーストつき」

まだ少し話しただけだが、俺が一番苦手とする「やかましい人間」ではなさそうだった。

彼の淹れた紅茶はよい香りで、飲めなくとも気分がよかったし、それに……。

彼に頼めば、懐かしい紙の本も捲ってもらえるのだろうかと、思った。

「契約って、細かい条件は？」

「そこは適当でいいよ。そうだな……『お互い努力義務』ということで。どっちかが困っていたら『なるべく助ける』って感じでどうかな？　話し相手にもなるよ」

それは友人関係とは違うのだろうか、と思っていると、ルイは「お友だちみたいなもんだ」とあっけらかんと言った。

なんだか小学生のようだった。俺はふっと鼻で笑う。

「そういえば、まだ名前を聞いていなかったね。僕は御蔵坂類。ここの店主をしている」

「俺は……」墓森、と言いかけて口ごもる。実社会から切り離された自分に、本名など無意味な気がしたのだ。

「長月響。作家だ」

類は喉を絞られたように「え!?」と声を上げた。

「長月響って……『月光塔から見晴るかす』の？　『軀《むくろ》がふたつ』とか、有名だよね。読んだことあるよ。あれ？　作者、死んでたっけ……？」

「実は、な。でもまだ誰も気づいていない」

俺はいつの間にか死んだことと、パソコンと周辺機器にだけは触れられるので執筆を続けていることを手短に話した。

　彼は「ふぅん」と俺の顔を凝視してきた。

「……本名は『墓森』といって、『長月』はペンネームだ。どちらで呼んでも、いいが……」

　本当は、本名は学生時代に厭なあだ名をつけられたことがあるので好きではない。もうすっかり、「長月」のほうに強いアイデンティティを覚えている。

「そうかい。君が『長月響』、か……。すごい秘密を知ってしまったなぁ」

　まさかもう死んでいるなんて、な……。

　類は難しい顔をしながら、「長月……墓森……長月……」と呟く。

　そして悩んだ末に「『響さん』と呼ばせてもらおう」と言った。

「迷いたくないからね」

「迷う？」

　彼は薄く微笑むだけだった。

「僕のことも類でいい。『みくらざか』じゃあ長い」

　こうして幽霊作家は、謎めいた古物商の元へと通うようになったのだ。

了

あと追ひ

窓をすり抜けて文字通りまっすぐ美蔵堂へ飛んでいくと、店の前に運送会社のトラックが停まっていた。

「オーライ、オーライ……」

澄んだ声でトラックを誘導していた類は、俺に気づいてふっと動きを止め、また何事もなかったかのように「オーライ、ストップ」と手を突き出した。

軒先に腰かけて見下ろしていると、トラックから出てきた制服姿の配送員が、荷台の荷物を下ろして店のなかへ運んでいった。俺には当然、気づかない。類は彼が見えなくなってから、軽く手を上げた。

「適当に待っていてくれ、なかででも外ででも。受け取りにサインしたら、さっそく頼みたいことがある」

俺は屋根をすり抜けて斜めに室内へ潜った。給湯室に並ぶ紅茶の缶に、気まぐれに手をかけてみたが、指先はやはりすり抜ける。鼻先を突っ込むとよい香りがした。

やがてやってきた類は、おもむろに俺の目の前にあった紅茶の缶を持ち上げた。

「減るものじゃないから、と許したものの……目の前でやられると、なんだかなぁ」

「幽霊がこういうことをしていると、恐くなくていいだろう？」

「僕は元々幽霊なんて恐かないよ」

そのとき店のほうから、なにやら物音がして、二人同時に視線を向けた。

「さっきの配送員、まだいるのか？　それともお客さん？」

「いや……彼なら帰ったよ。ドアベルも鳴らなかった」

俺たちは顔を見合わせた。

意識を集中すると、店のほうから冷気に似た気配がしてきた。

――ぺた、ぺた、ぺた……。

気のせい……と思うには、あまりにはっきりした音。

類は薄く笑った。

「聞いていた通りだ……さぁ来てくれ。今届いたものの中身を見て欲しいんだ」

本当にナイスタイミングで来てくれた、と彼はどこかうきうきした足取りで店へ戻った。

ついていった先は、カウンターの横の狭い一画。

そこには梱包を解かれた旧い金庫があった。

「明治時代の、『開かずの金庫』だ。漆塗りが美しいね」

　真っ黒な矩《く》形《けい》の塊が、天井から降る暖色の灯りを照り返していた。大きさは、一人暮らし用の冷蔵庫ほどで、片開きの扉に、取っ手と鍵穴と数字錠、ついでに家紋がついている。

「市内の旧家から買い取ったものでね。なかに入っている物含めて、全部好きにしていいと言われている」

「ほお……鍵は、開けられないのか？」

「キーは失くしたそうだ。数字錠のナンバーも誰も覚えていないと」

　類は慈しむように、そおっと扉に触れた。吸いつくような感触が想像できた。

「暇なときに気長に開けるつもりだよ。見た目が気に入っただけだから、中身には期待していないし……」

　彼は古物商だが鍵開けもできる。「本職の人には劣る」と本人は言っているが、前も見慣れない工具を何本も使って、宝石匣《ばこ》の鍵を開けていたのを見たことがある。

「だけど、一応開ける前に中身を知っておきたい。危ないものが入っていたら困るからね」

「いわくつきの品とかか？」

「うん。それに……高価なものが入っていたら、とも思ったんだ。貴重品が入っていたら返すべきだろう？」

　そして類は、おもむろに金庫をノックした。すると……。

　——ぺた……、ぺた……、ぺた……。

　なかから、ゆっくりとした音が聞こえた。聞いたことがある音だ。目方の軽さを思わせる、どこか上品な……。

　足音、だった。

「女の、人か……？」

　俺が言うと、類は「おそらく」と肩を竦めた。

「この狭いなかをね、歩き回っているようなんだよ。ルームランナーみたいに。売り主も気味悪がっていて、なんでもいいから金庫ごと処分したかったそうだ」

　と、彼は俺を見る。俺は売り主と同じ想いで眉間に皺を寄せたが、やがてのろのろと歩いて金庫に近づいた。

「わかったよ。……これも相互扶助、だな」

「さすが響さん！」と、類は金庫から離れて見守る姿勢になり、「頼むよ」と腕を組んだ。

　改めて金庫を見ると少しの緊張を覚えたが、それほど禍々《まがまが》しい物ではない気がした。

「——っ」

水面に顔をつけるように、横からなかを覗いてみた。

古い木材の匂いと、湿気……。幽霊になってからは、不思議なことに夜目が利く。それも、暗視カメラのような緑がかった見え方ではない。闇のなかでも色や形がよく見えるのだ。

注視すれば、それはより鮮明に見えてくる。

「……草履《ぞうり》……？　が、ある。真っ赤な鼻緒の……」

「ふむ」

「でも……片方しかない」

他はなにも入っていなかった。が、隅に枯れた草が生えていた。金茶色に乾いた、スペードの切っ先を潰したような丸い葉っぱだ。金庫の上部の針穴のような隙間から入る光で育ったらしかった。とても小さいうちに、枯れてしまったようだが。

どこかで見たことがあるような気がした。

俺は金庫に首をつっこんだまま、類に詳しく様子を話して聞かせた。草履は女物で、厚みのある畳表で、古そうだが、あまり履かれていないようだということ。まるでデッドストックのアンティークのようで……。

「——綺麗だな」

そんな呟きが自然に湧いた。

その瞬間、微かな音を立て、草履の爪先がこちらに数ミリ動く。

「っ……！」

おしろいの香りがした。

俺は咄嗟に顔を引いて、金庫の外で大きく息を飲む。

「草履かぁ……。どうしてそんなものが入っているのか、は置いといて。助かったよ響さん」

「あ、あぁ……」

「おばけっていうのは便利だね」


それから数日が過ぎたころだった。

執筆に行き詰まり、散歩がてら歩いて美蔵堂へいくと、ヘッドライトとゴーグル型のルーペをした類が例の金庫をいじっていた。鍵穴に細い棒を何本か突っ込んでいる。店はいつもどおり暇そうだ。

「響さん、ちょっともう一度なかへ入って鍵を裏から見てくれないか？　もう少しで開きそうなんだ。数字錠はクリアしたか……」

そのとき、がちゃり、と小さな音がした。手伝うまでもなかったようだ。分厚い扉が、蝶番《ちょうつがい》を軋《きし》ませて開いていく。

類はルーペを外し、両手で包むように草履を取り出した。

「思っていたより傷んでいないじゃないか。これはいい物だね。いい仕事だ。上手い職人が丹精込めて作ったんだろう。一足揃っていたらなぁ……」

彼はくしゃくしゃにした薄葉紙《うすようし》を敷いて、カウンターの上にそれを置き、鍵開けの道具を片づけ始めた。

俺は金庫のなかを覗いてみた。顔を突っ込んだときに見たように、隅に枯れ草が生えている。やはり既視感があった。

「そうだ……ハマヒルガオ、だ」

類が首を伸ばして、隅へとライトを向けてきた。

「その草？　草履に種でもついていたのかな」

「あの崖にあった草と、同じだ……」

「崖って、君が死んだあの場所？　この植物は、そこ以外にも生えているだろうよ」

「そう、なんだが……」

妙に気になった。

そのとき、かさっという音がした。「ん？」と彼が振り返る。

カウンターの上の草履が消えていた。

「逃げた」と類は碧色の目を瞠った。

草履は店中を探しても見つからなかった。引き戸が細く開いていたので、手分けして店の周りを探してみたが、無駄骨だった。

類は大して残念そうでもなく、「ずっと外に出たかったのかな?」と言っていた。元より金庫のほうを気に入っていたので些末《さまつ》な問題なのだろう。

陽の落ちた美蔵堂からの帰り道を、一人歩く。

商店街に差しかかった。家路を急ぐ人々、灯り始めた街灯。その間を縫って歩くと、喧騒が遠ざかり……やがて一つの音が残った。

——ぺた……。

妙に耳につく。スニーカーでも、ヒールでもない。

——ぺた……、ぺた……。

目方の軽さを思わせる、どこか上品な…………女の足音だった。

振り返ると、それは電柱の陰に落ちていた。

「なんで……」

住宅街へ入り、人気《ひとけ》がなくってくると、足音はますます目立ってきた。

——ぺた、ぺた、ぺた、ぺた……。

音も速くなった。俺も速度を上げる。

——ぺたっ、ぺたっ、ぺたっ、ぺたっ……。

ついて……くる。

じりじりと心臓が膨らんでいく心地がした。道の先にあった市営アパートの壁へ飛び込み、息を止めて床を蹴る。いくつもの部屋を、人を、斜めにすり抜けて浮き上がり、反対側の屋上付近から外へ出た。

——ぺたっ、ぺたっ、ぺたっ、ぺたっ、ぺたっ、ぺたっ……！

音が建物を回って響いてきた。もう息が続かない。民家の屋根に降りる。

俺は走ったり飛んだりしながら、軽い混乱を覚えつつ、急いで家へ向かった。足音はしつこく追ってくる。

やがて名枯荘が見えてきて、俺は自分の部屋のドアへ両手を突っ込み、室内へスライディングした。

「はぁ………」

なんなんだ。「逃げた」んじゃなかったのか？

あれは……？　彼女は……いったい？

あの崖が思い出された。偶然……にしては……。

息を整えながらじっと耳を澄ますと、耳鳴りがしそうなほど静かだった。

……なんとか、撒《ま》けたようだ。

眠らなくても死にはしないが、ずっと活動していると気力が摩耗していく気がするので、一日数時間はベッドの上で目をつむるようにしている。はたしてこれを「眠り」と呼んでいいのかはわからないが。

ベッド脇の窓から、ぱらぱら、さらさら……雨粒が硝子を叩く。

ぱらぱら、ぱらぱらと音がしだした。

時刻はすでに深夜。外階段が、カン、カン……と鳴った。

同じ階の住人が帰って来たのか。まどろみに似た安らぎのさなかでは、心地よい雑音だった。カン、カン、カン……足音は俺の部屋の前でぴたりと止まった。

長い沈黙に思わず息を止める。

――――とん。

と、ドアがノックされた。

外は小雨のまま降り続いている。

――とん。とん。とん。

俺はそおっと起き上がり、居間のドアから顔をすり抜けさせて、恐る恐る廊下の先にある玄関を見てみた。

しんとした、いつも通りの玄関だ。気のせいか、と居間へ戻ろうとしたとき。

どん！

音は玄関ドアの下のほうからした。

蹴られて、いる。

どん！　どん！　と規則的に。まるで「開けろ」と言うかのように。

外から冷気が流れてきた。

「なんで、だよ……」

俺はベッドへとって返した。そのまま寝てしまおうと思った。類も、「霊は無視が一番だ」と、いつも言っている。

隣の住人が酔っ払って帰ってきただけかもしれない。そうだ、そうに決まっている。

しばらくすると音は止み、足音は遠ざかっていった。

俺はほっと胸を撫でおろす。ほら、やはり酔っ払いが……。

——ぺた……、ぺた……。

聞き覚えのある軽い足音だ、とは認めたくなかった。

雨の音に混ざって……今度は、近づいてきた。

……違う。アパートの周りを、回り始めたようだった。

——ぺたぺた……、ぺたぺた……、ぺたぺたぺたぺたぺたぺたぺたぺたぺたぺた……。

何周も、何周も。

ぺた。

音は明け方まで続いた。耳がおかしくなりそうだった。

大丈夫だ、鍵は全部閉まっている。

彼女は……なかへは入ってこない……はず。

それなのに、なんだか見られているような気がして落ち着かず、意識はずっと玄関にやったまま、横向きになって、背後の窓を雨が叩く音に集中しようとした。家鳴りがするたび身を竦めながら……。

——そして、朝日が昇った。いつしか足音は止んでいた。

恐る恐る家の周りを確認してみると、草履はどこにもなかった。通勤、通学する人々の姿が歩道にちらほらと見える。

しかしベランダに、楕円に乾いた箇所が残っていたのだ。

俺が一晩中背中を向けていた、カーテンと窓硝子だけを隔てた、すぐ向こう。

雨の匂いのなかに、あのおしろいの香りがねばつくように残っていた。

「やっかいだね。明らかに響さんを狙っているじゃないか」

類に話すと、彼は心配そうな顔で細い顎に手を当てた。

「なんだって、彼女は俺を追いかけて……？」

「恨みを買うようなこと、はしてないよね。なにか伝えたいことがあるとか？」

そうだ……と類は少年のように目を丸くした。

「響さん、『綺麗だ』なんて言うから……！」

「そんなこと、言ったか？」

驚いて記憶を探ると、確かに言ったような覚えがある。

「『何年も閉じ込められた私を、見つけてくれた人』……なんて」

「おい、よせ」

冗談じゃない。と思ったが、こちらも幽霊なのだ。あり得ない話ではない気がした。

――ぺた、ぺた、ぺた。

「っ……！」

店の前からだ。

――ぺたぺたぺたぺたぺたぺたぺた。

やはり俺の死となにか関係があるんだろうか。だから俺を狙うのだろうか。

ここへ来るときも、なるべく高く飛んできた――といっても、息が続かないので、せいぜい建物の三階くらいの高さを――のだが、彼女はどこからかついてきたようだ。

「ど、どうしたら……」

「そうだね……」と、類はしばらく考えたのち、言った。

「金庫の売り主に会ってこようか。彼女の正体がわかるかもしれない。ついてくるかい？」

俺は一も二もなく頷いた。一人で店にいるのが嫌だったからだ。


売り主の旧家というのは徒歩で一時間もかからない場所にあった。類は電話で約束を取り付けると歩いて向かった。小粋なトレンチを羽織り、一枚革で作られたという、ふるめかしい揃いの鞄と靴を身に着けた彼は、道中の商店街でもとても浮いている。

隣を歩いていると、あの音が聞こえてきた。

「振り返らないほうがいいよ」

類はなんてことないふうに言った。

目的地に着くと、類が塀のチャイムを鳴らし、売り主であるこの家の奥さんに出迎えられて敷地へ入った。

「あら……？　なんだか潮の香りが……」

「今日は北風が強いのかもしれませんね」

そう流してみせた類は、堂々としたものだった。

囲いのなかには、大きな平屋の日本家屋と、鯉の泳ぐ池、そして蔵があった。奥さんは緊張した面持ちで客間へ類を通した。

俺はふよふよと天井付近をついていく。廊下に伏せていた毛足の長い猫がじっと見つめてきて、首で俺を追いかけた。

類は出されたお茶で唇を湿らせると、さっそく切り出した。

「先にご連絡申し上げた通り、あの金庫の中身について伺いたいのです」

「ええ、ええ、草履が出てきたそうですね。片方だけの……」

奥さんは両手で持った湯呑のなかへ視線を落とす。白いものが交じった短髪が揺れた。

「売る前にお話ししたように……あの金庫からおかしな音がすることは、わかっていたんです。家族みんな気味悪がっていて、鍵屋を呼ぼうという話も出たのですが、お義母さまが——主人の母が『開けるな』ときつく言っていて……」

「それは、なぜ……？」

「なぜかは、はっきりとは教えてくれませんでしたが……」

彼女は「あぁ、先日亡くなったので、主人と相談して売りに出すことにしたんです」と、補足した。

「先ほどお電話で、『草履が片方』出てきた、と聞いて、思い当たる話があったんです」

「というと？」

「以前……親戚の集まりで主人の兄弟に聞いた話なのですが、このうちには、めゐ子さん、という方の遺品の草履があったそうなんです。片方だけの……」

奥さんは一枚の白黒写真をとりだした。そこには、着物姿の若い女が椅子に座る姿が写っていた。にぃぃっと口角を吊り上げているのが、なんとも不気味だった。

「あぁ、この草履です！　間違いない」

「やはり、そうでしたか。……京の職人が作ったもので、特別な日のためにと買ったそうなのです。ほとんど履いたことがなかったとか」

「お気に入りの品というわけではなかったのですね？」

「え、はぁ……おそらく」

奥さんは曖昧《あいまい》に頷いて、続ける。

「めゐ子さんは、何世代か前の、このうちの娘さんでして、その、気が……」

「触れていた、と」

類は写真の彼女の笑みを見下ろす。

そんな女に、自分は追われているというのか？

かつて類と調べた万年筆のことを思いだした。人の執念が籠った物が他者の手に渡ったときは気をつけなければならない、ということはよくわかっ[illegible]るつもりだ。

「ええ……。彼女には婚約者がいたのですが、町の大工の男と関係を持ってしまい……たいそう、責められたそうです。それでも婚約者と結婚したのですが、すぐおかしくなってしまって。ある日、大工の男と北の崖から飛んで、心中を……してしまったそうなんです」

「北の崖……町の果てにある、あの？」

「はい、『浜昼顔の崖』です」

俺は息を詰まらせた。あの崖はそんなに昔から自殺の名所だったのか。

「二人は崖下の岩礁で、手首を縛り、固く手を握り合ったまま亡くなっていて……町の子供が見つけて人を呼んだものの、波にさらわれてしまったそうです。その草履は、片方だけ脱げて崖の上に残っていた唯一の形見なんだとか」

奥さんは湯呑を置いて、一息に言った。

「最初は蔵にしまっていたそうなんです、その草履。蔵のなかを、夜な夜な歩き回ったそうで……」

彼女は自分の両腕に手をかけ、顔を青くした。

「それだけじゃありません。いつのまにか蔵から抜け出して、池に浮いていたり、水たまりに浸かっていたり……、はたまた、台所の塩壺に入っていたりしたそうなんです。不気味でしょう……？」

類は「ふぅん……そんなところに？」と呟いた。

「それで、お義母さまがどこかへ厳重に仕舞ったんだそうです」

「なるほど、『金庫に』仕舞った……というわけですね。きっと『鍵』というのがよかったのでしょう。鍵は強い。草履もさすがに出られなかったみたいだ」

「はぁ……」

彼女は胡乱《うろん》な表情を、蔵の端が見える窓のほうへ向けた。

「なるほど。そういうことでしたか」

類は顎に指を添え、穏やかな笑みで頷いた。その直後。

――ぺた……、ぺた……。

俺は身構え、奥さんが不審げに腰を浮かす。

「やだ……この音……？」

「気のせいですよ。外を歩いている人では？」

彼女は少し気恥ずかしそうにうつむいた。

「お話しいただき、ありがとうございます。草履と金庫のことは心配なさらないでください。しかるべき処置をしますから――」

「おい、類」と、彼の背を追いながら声をかけた。

「どこへ行くんだよ」

家を出ると、また足音がついてきた。すると類は後ろを確かめながら、颯爽《さっそう》と歩き始めたのだ。

「決まっているだろう、浜昼顔の崖だ」

「う……」

彼は歩きながらスマートフォンを取り出し、「ハマヒルガオ」と検索した。出てきた画像には、金庫のなかに生えていたのとそっくりな、スペードの切っ先を潰したような丸い葉っぱが写っていた。

「本当に、行くのか？　あそこはおかしなものがたくさんいて……」

「だろうね。だけどそれとは違うよ、これは」

「え……？」

北の崖へ上る階段の遊歩道へ差しかかる。

――ぺたぺたぺたぺたぺたぺたぺたぺたぺた。

背後の足音は、もう隠れる気もなく強く地面を踏みしめていた。

細い丸太の敷かれた階段を上りきると、広い空が目に飛び込んできた。

おん、と肩が重くなる。

やはりここには、たくさんいるのだ……。

「大丈夫だよ。僕がいる。霊なんてね、本当は生きている人間よりずっと弱いんだ。だから恐れることはない」

そう言われても、海と女に挟み撃ちされているような居心地の悪さはぬぐえなかった。

背中を丸めた俺をよそに、類は平然と先へ進んでいく。

崖へ、近づいていく。

「おい……、類……？」

ぺたぺたぺたぺたぺたっ……！

草履が走ってくる。崖のふちからは黒い手のようなものが伸びてきた。

「うっ……あぁ……！」

近づく、速まる……あと数歩で追いつかれる……！

俺は大地を蹴り、高く浮き上がった。呼吸を止めたまま、意を決して下を睨みつける。

しかし、草履は俺の立っていたところをまっすぐに素通りしていった。

「——さぁ着いた。ここだよ」

類は俺にではなく、崖のふちで止まった草履に言った。

「……へ？」

「響さん、下りておいでよ。恐がらなくっていい」

類はくすくすと笑った。

「この子は君からする潮の香り……、『海の気配』に釣られていただけなんだ」

俺は、しゅるしゅると地上に降りていく。

「海の、気配？」

「そう。この草履は『逃げた』んじゃなかったんだ。海を目指したけれど、迷子になってしまったんだよ。本当は、ずっとここへ来たかったんだ」

次の瞬間。

草履は、ひょいと跳んで、崖の下へ落ちていった。

砕けた白波に飲まれて消える。

類は静かに手を合わせた。

拝み終わると、碧色の瞳をこちらへくれた。目の前の日本海よりずっと明るい、南国の海に似た色。

「——あれはね、めゐ子さんという女の霊じゃなく、物の霊だったんだよ」

「物、の……？」

「そう。丹精込めて作られた、美しく、気位の高い、草履の……ね。ずっと『相方』の元へ行きたかったんだろうよ。履物は二つで一つなんだ」

彼は乾いてなお血色のいい唇を軽く噛む。

「めゐ子さんは愛する情夫と死んだんだ。今さら響さんに懸想することなんてない。草履も愛用品ではない。込める執念なんかないんだよ。きっととっくに成仏している」

波の音が響く。

「物が……あと追い自殺したっていうのか……⁉」

彼は潮風に靡《なび》くコートの襟を押さえながら言った。

「そうだ！　自殺なんて言い方は物騒だが。壊れるべきときに壊れたがる物は、ある。あの子は、『そのとき』を逃してしまったんだろうね。片割れが逝ってしまったのに」

そんなことが……あって、いいのか？

たかが、物だろう？

動いていないはずの心臓が、静かに高鳴っていく。

思わず、口元を押さえた。

「面白い……」

それを聞いた類は肩を揺らして笑った。

「ネタになりそう？　かわいそうとか、切ないとか、思わないんだね」

栗皮色の細い髪が潮風にさらさらと遊ぶ。

その光に釣られて見下ろした横顔は……、いつくしむような、達観したような、それでいてほんの少し寂しげな……。

微笑を浮かべていた。

「響さん、覚えておいで。いい物には魂が宿るんだよ――」

了

ハロウィンの夜

不可思議な冒険をしたのは、秋も深まったある日暮れのことだった。

原稿が一段落したので散歩がてら美蔵堂へ歩いていくと、道中はオレンジと黒の飾りで賑わっていた。

「あぁ、今日はハロウィンか」

独りごちる間にも、魔女の仮装をした少女が俺の躰をすり抜けて駆けていく。見慣れた町家の店先は黒猫や蝙蝠《こうもり》の置物や、プラスチックあるいは本物のかぼちゃが彫られたジャック・オ・ランタンで飾りつけられている。

白いシーツを被ったような、ステレオタイプのゴーストの仮装も多く見かけた。

そんな霊はついぞ見たことがない。

いつものように美蔵堂の引き戸をすり抜けようとしたら、店の奥には珍しいタイプの客がいた。

咄嗟に足を止めてしまったのは、警戒心だと思う。

「この写真、インスタに上げてもいいですか？　よかったら、動画も撮らせてください」

スマホを手にした若い男が類に尋ねていた。まだ少年と呼んでもよさそうな、あどけない若者だった。

「ん？　いいですよ。僕さえ写っていなければ」

若者は元気よく返事をして、店内にぐるりとカメラを向ける。インカメで自分も映しながら、「じゃん！　素敵なお店を見つけました」などと喋っていた。

カウンターには二客のソーサーつきティーカップがすましている。あれはたしか、常連や高価なものを買ってくれる客に出すアンティークだ。

「それより嵯峨野《さがの》くん。撮影が終わったら、その『本の仕事』のことを詳しく聞かせ……」

類は言葉の途中で、戸口から顔だけ出していた俺に気づいて、立ち上がった。ガタン、という椅子の音に若者――嵯峨野というらしい――が振り返る。

「みくさん？」

「いや、なんでも。続けていてください」

類はすーっとこちらへ来て、硝子越しに外を眺めるふりをしながら囁いた。

「今日は帰ったほうがいい」

その唐突さに面食らう。彼は珍しく気まずそうな顔をしていた。

前髪の隙間から嵯峨野を見やる。わくわくした様子で笑みを絶やさずカメラに向かって喋る彼は、いやに眩しかった。

なるほど……確かに苦手なタイプではある。「ほうがいい」という言い回しに気遣いを感じた。

類も色々と思うところがあるのだろうが、嵯峨野くんに不自然に思われないよう俺に伝えるには、長々と言葉を重ねることはできないわけだ。俺は小さく鼻で笑う。

「大丈夫だ。生きていたら気まずかったかもしれないけれど、向こうには見えないんだから」

むしろ、自分と正反対の人間を観察できれば、新作のキャラクター造形にも活かせるかもしれない。

類はなおもなにか言おうとしていたが、俺が売り物の肘掛椅子に腰かけると、溜め息をついて戻っていった。

嵯峨野永太郎《えいたろう》は近くの大学に通う学生だという。レトロな物や味のあるアート作品などが好きで、自らが見たそういうものをＳＮＳ上で発信しているそうだ。

彼が類に見せたスマホに表示されたアカウントを上から覗き込むと、フォロワーは十万人を超えていた。

「インフルエンサーってやつか」

「インフルエンサー、ね」と類が知ったように言う。

「あはは、そう呼ばれることもありますね。自分は好きなことをしているだけって感じなんですが、ありがたいことに今の事務所に声をかけてもらって……」

嵯峨野は照れたように白い歯を覗かせて笑った。ほんのりと明るい色に染めた髪がよく似合っている。背が高く清潔感があり、まるで若手俳優のようだった。類と並んで見劣りしない男性などそうそういないだろう。

物語の主人公にふさわしい人物。

そんな印象を受けた。

美蔵堂にはたまたま迷い込んだのだという。

「次に出すフォトエッセイに使えそうな、いい写真を撮りたくて通りを彷徨っていたんです。そうしたら、すーっと吸い寄せられるように、ここに」

「へぇ、エッセイを……！　さっき類が訊こうとしていたやつか」

俺はつい口に出すが、当然、嵯峨野には聞こえない。類が咳ばらいをした。

「写真集のようなものですよね？」

「なんだ。活字は少ないのか」と俺は懲りずに口を挟む。

「そうですね、今回は写真が多めの本になりそうです。でも、僕はできれば自分の写真より風景の写真とか……、下手ですが、コラムをたくさん載せたいと思っていて……！」

嵯峨野は下を向きながらも強く言った。曇った横顔の奥に、曲げられない意志のようなものが感じられた。

「いい本を、作りたいんだな」

類が俺を一瞥《いちべつ》した。嵯峨野はにこりと笑って、話題を変える。

「不思議ですよね。生まれも育ちもこの町なのに、こんな面白いお店、今までまるで見つけられなかった。なにかに導かれたみたいだ。僕、ここすごく気に入りました」

「導かれた、か……。そうかもしれないね」

「はい！　ナイスタイミングです。……あぁ、でもこのお店、ホームページもＳＮＳのアカウントもないですし、紹介されたりするのはご迷惑じゃあありませんでしたか？　僕が取り上げたお店や場所には、結構ファンが行くみたいで……」

「いえ、大丈夫ですよ。趣味の店なので特に流行って欲しいわけではないですが、人が来て迷惑ということもありません。たまには賑やかになるのも楽しそうだ」

俺は二人の周りを飛びながら、頷いた。

類が彼をいい茶器でもてなした理由がよくわかった。

その後も嵯峨野は、店の古道具について興味深げにあれこれたずね、類は楽しそうに、古道具たちの特徴や来歴を話していた。


振り子時計の時報が鳴った。

「――しまった、もうこんな時間だ」

類が声を上げた。時計の針は五時を指している。店の外の景色はうっすらと赤みを帯びていた。

「すみません、すっかり話し込んでしまいましたね。そろそろ店じまいですか？」

「そんなことはどうでもいい。嵯峨野くん、君はもう帰らないと」

「へ？　僕はまだ全然。まだ五時ですよね？」

「いや、今日はハロウィンじゃないか」

嵯峨野はあっけにとられた顔で店主の背中を見つめる。奇遇なことに俺も嵯峨野と同じリアクションをとっていた。

「類？　通りはそれほど混まないぞ、渋谷と違って」

「人混みなんかじゃなく、本物が交じり出す時間だろう？　暗くなる前に帰らないとだめだ」

「え、人混み？　え？」

「本物？」

類は俺と嵯峨野に向かって言った。

「だから……ハロウィンってのは西洋のお盆なんだよ。『死者が帰ってくる日』。仮装もなしじゃあ君は生者にしか見えない。……嵯峨野くん、お菓子は持っているだろうね？」

「いえ、持ってませんが」

「不用心な……！」

類は奥の給湯室へ行くと、足早に戻ってきた。

そして個包装のビスケットを三枚、嵯峨野に差し出してきた。

「悪いね、うちには今これしかない。これでなんとか家まで帰るんだ。健闘を祈るよ」

「あっ、くれるんですか？　ありがとう、いただきます」

「君が食べてどうする。さあ急がないと」

包みを剝こうとしていた嵯峨野だが、もはやなにも言えずに頷くしかないようだった。

「類のやつ、なんなんだいったい……」

俺は宙をふよふよと飛びながら独りごちる。眼下を行く嵯峨野はのんびりと歩いていた。類がカリカリしていたので俺は黙って店の外へ出てきたのだが、なんとなく気になって嵯峨野を見守ることにしたのだ。

まさかと思うが、「あの類が言うのだから」という想いもある……。

「みくさんって面白い人だな。あ、もしかしてイギリスってハロウィンが盛んなのかな？」

嵯峨野は類の奇行をさして気にしたふうもなく、軽やかな足取りで町家に挟まれた道を歩いていた。人気《ひとけ》の多い通りを行き過ぎ、仮装をした人々がいなくなると、誰もいないのをいいことに鼻歌まで歌い始めた。

料亭や茶屋の並ぶ道を抜け、嵯峨野は細道へ入った。石畳は模様を少しずつ変え、グネグネとした石階段に繋がる。

嵯峨野の後頭部を見下ろしながら飛んでいると、階段の下に、なにかがいた。

白い……真っ白い。細長い四つ足の……。

嵯峨野も「ん？」と声を上げる。近づいていくと、それは鹿……によく似た顔と胴を持っていた。だが手足が異常に長細い。叩けばぽきんと折れそうなほどに。

そいつの顔は嵯峨野のすぐ上を飛ぶ俺と、視線が交わる高さに位置している。

「わ！　驚いたな。竹馬かぁ！」

その声を聞いて、ほっと胸を撫でおろす。

よく見ればなかに人が入っているようだった。頭と胴体が着ぐるみで、両手足に長い竹馬を括り付けた……。

「大道芸人か？」

俺が言うと、鹿はふるふると首を横に振った。

「あはは、すごいな！　怖《こわ》かわいい。写真いいですか？」

鹿は首を傾げる。嵯峨野はイエスと捉えたのかスマホで数枚写真を撮った。

嵯峨野は礼を言って脇を通り抜けようとした。しかし鹿は細長い足をひょいと彼の前に出す。反対へ回ろうとしても、こつ、こつと、通せんぼをするように動き、嵯峨野は鹿のお腹の真下に収まってしまった。

檻みたいだった。

さすがに戸惑いだした嵯峨野はその場でおろおろと足踏みをする。

鹿は下を向いた、かと思うと……。

ぬううううる。

……っと首を伸ばして、嵯峨野の顔を逆しまに覗き込んだ。

鹿の顔は、年老いた人面に変わっていた。

嵯峨野は「あ、あ……」と小さく声を漏らす。

お腹の下まで伸びた首がぐるりとひねられ、頭が上にくる。

――とり　こ　とりー。

鹿が動かした口のなかには、舌があった。ぬらりと湿っていた。

男とも女ともつかない嗄声《させい》が繰り返される。

――とり　こ　とりー。

俺は慌てて叫ぶ。

「お菓子……！　お菓子だ嵯峨野！」

尻もちをついた嵯峨野の頭に、大きく開かれた鹿の口が迫る。草食とは思えない牙だ。

「ポケットにしまったろ！」

聞こえも触れもしないのに、俺は両手で彼のブルゾンのポケットに手を突っ込みながら叫んだ。すると……鹿のほうが反応した。

鹿は嵯峨野のポケットに鼻先を突っ込み、プラの包装の端を咥えて引きずりだす。

そういえば、さっきも俺の声に反応していた……と今さら気づく。

「あ、あ……ああ！『トリック・オア・トリート』ですね。えと、袋、開けます、か
……」

嵯峨野は震える手で包みを破く。その瞬間、鹿は彼の手まで持っていきそうな勢いで、ビスケットにかぶりついた。

ばきばき、ばりばり。

がしゅがしゅがしゅむちゃむちゃむちゃ……。

袋ごと激しく咀嚼《そしやく》する音が夕空に響いた。

嵯峨野は長細い脚の檻から這いだし、走ってその場をあとにした。俺も飛んで追いかける。

宙で振り返ると、真っ白い怪物は地面に落ちたカスを夢中で舐めとっていた。

「はぁっ……はぁっ……はぁっ……！」

遠くまで走ってきた嵯峨野は肩で息をしていた。飛び疲れた俺も、郵便ポストの上で息を整える。

「パ、パフォーマンスかな……？」

嵯峨野は己に言い聞かせるように何度も頷く。

「人が、入っていたんだよね？」

どうやって首を伸ばしたんだ。それに顔も見る間に変わっていったというのに。

彼の前髪は濡れて光っていた。よだれだ……。本人は気づいていないだろうが。

嵯峨野はしゃがんでポケットから二枚のビスケットを取り出した。

「あと、二枚……」

嵯峨野は辺りを見回す。無我夢中で逃げてきたせいで本来の帰り道から外れてしまったようだ。タクシーも通らない……というか、やけに人が少ない。

嵯峨野も異変に気づいたようで、唾を飲む。遠くに、ぼんやりとした人影が見えた。文字通りの〝影〟だ。顔のない紫のぼやぼやしたものが、手にぼんぼりを持って柳の下を歩いている。

嵯峨野は急いで反対方向へ逃げ出した。俺は上空へ高く飛ぶ。この時間帯にしてはやはり人が少ない。そして、あちらこちらに奇妙なものの姿があった。

嵯峨野は足音を殺して、走った。

気づけば辺りには夜の帳《とばり》が降りていた。

「とにかく大きな通りに出よう。タクシーを拾えば……」

だが、次の角を曲がった瞬間、わずか一メートル先の街灯の下に、現れたのだ。まるでスポットライトの下に佇んでいるみたいだった。

ステレオタイプの、白いシーツを被ったようななにか。

ふー、ふー……という呼吸が聞こえる。脚は……ない。その場に浮かんでいた。ただし、モチーフ化されたキャラクターとは違い、布の裡《うち》に明らかな肉の気配を感じた。

硬直した嵯峨野に向かって、それは振り返る。布に空いた小さな二つの穴から、瞳が見えた。嵯峨野は目を逸らして脇を通り過ぎようとする。しかしそれは嵯峨野の背中にぴったりとついてきた。

そして頭にキンとくる不快な声で喋った。同じ言葉を何度も、何度も、何度も。

おそらく、さっきの鹿も言っていたあの言葉だろう。しかし嵯峨野が震えるばかりで背中を向けたままでいると、白い布の裾がはためいて、むわっと濃い鉄の匂いがした。

上空から見下ろす俺ははらはらしながら「もう無理だ、早く渡せ」と叫ぶ。

それは裾を大きく開いて、嵯峨野の頭に覆いかぶさろうとしていた。嵯峨野はようやくビスケットを取り出しながら振り返る。

その瞬間、嵯峨野は叫んだ。

布の中身に目を釘づけにして。

上空にいる俺には見えない。

彼の美しい顔が歪む。その手からするりとビスケットが抜けて、布のなかに消える。

白い布は風に吹かれて飛び上がる。俺の脇をけたけた笑いながらすり抜け、振り返ると消えていた。

嵯峨野は口を押さえてその場に吐いた。

嵯峨野は空き家の植え込みの陰にしゃがんで休んでいた。持っていたチラシ入りのポケットティッシュで口をぬぐい、肩で息をしている。ちなみに彼のスマホはなぜか取り出した瞬間、電池切れになってブラックアウトしてしまった。

助けは呼べない。

隠れているあいだも、何度かおかしなものが目の前の道を通っていった。

水を買ってきてやることも、背中をさすってやることも、なにもできないのがはがゆい。

「あと一枚か。そういえばこんな昔話があったな。坊主が山姥《やまんば》につかまって、三枚のお札を使って和尚さんのところまで逃げ帰るっていう……」

いつものくせで一人で喋っていると、妙な音が近づいてきた。

カツカツカツカツカツ、とこちらへ走ってくる。嵯峨野がぎゅっと躰を縮めた。

俺はハッとして植え込みを飛び出した。ちょうど向こうから奇怪な動きのハイヒールの女……のようなものがやってきたところだった。女は耳まで裂けた牙だらけの口をにっこりさせて、俺を見る。しかし、俺の脇を素通りし、植え込みに顔を突っ込んだ。

「ひっ……！」

嵯峨野の悲鳴。がさがさと植え込みが動く。

女は手にビスケットを摑んで、踵《きびす》を返していった。

最後の一枚が消えた。

今のは……そうか、俺の声が呼んでしまったのだ。

霊には俺の声が聞こえる。

だが、逆を言えば「俺の声は幽霊の注意を引くことができる」というわけだ。それならばやりようはある。

思っていたより早く、嵯峨野は立ち上がった。

「ここにいても仕方ない。帰るんだ……！」

さらに、彼は強い声で呟く。

「僕は……絶対に本を出すんだ。出すって約束したんだ。そのためにも、帰るんだ……」

彼の気持ちは痛いほどわかった。

俺だってデビュー前は、生涯たった一度でもいい、自分の本が出せるならなんでもする、と思っていた。

俺は先んじて上空を飛んだ。

道の先をうろつく幽霊がいたら、飛んでいって騒ぐなり歌うなりして注意を引き、嵯峨野のいない方へ誘導した。

「いける、これなら……！」

嵯峨野は隠れ潜みながら進んでいった。あんなに恐い目にあったにもかかわらず、その瞳は勇敢で、さっきも感じた通り、物語の主人公のようだった。

俺はいつしか嵯峨野とバディのような気になっていた。向こうには自分のことは視えていないのだが、なんとか彼を無事に家に帰すのだという使命感が湧いていた。

やがて広い道に出ると、コンビニの灯りが見えた。嵯峨野と俺は喜びに息を飲む。なかに人がいるのが見えた。お菓子も売っているはずだ。一晩ここでやり過ごすことだって……一緒に走り出した、そのとき。

「トリック・オア・トリート！」

振り返ると、黒いとんがり帽子の少女が笑顔で両手を差し出していた。

嵯峨野は引き攣った笑みで硬直する。彼と同じ年ごろの少女に見えたが、肌は青白く、唇は生き血を啜ってきたばかりのように赤い。やたらと大きな黒目で摩擦の強そうな瞬きをする姿が奇妙だった。

ホラー映画の怪人か、宇宙人か……そんな表情の読めない瞳だ。

嵯峨野は両手を前に突き出す。

「お、お菓子……持ってな――」

彼が馬鹿正直に言う前に俺が言葉を被せた。

「そこのコンビニで買ってやる。だから見逃してくれ」

少女はきょとんとした顔で首を傾げる。ふくろうのようだった。ミニスカートから伸びる細い脚が、つと動いて距離を詰める。

「え～持ってないの？　さがのくん、ハロウィンとか嫌いだっけ？」

俺を無視して、少女は嵯峨野を正面から見上げた。

すうっと恐怖心が褪《あ》せていった。嵯峨野は柔和な顔で困った様子を見せる。

「ちょ、近いよ和高《わだか》さん」

「まりちって呼んでよ。なんで苗字なの？」

「いや、学部も学科も違うし……友達とファンは違う、し」

「んー、ちょいファンでもあるけど、確かに入学前から知ってたけど……大学一緒だし友達のつもりなんだけどな。違うとか言われると、ちょっと寂しいかも」

少女には、ちゃんとした脚があり、影もあり、俺の声は聞こえていなかった。

嵯峨野が「ごめん」と謝ると、少女は「いいよ」とおかしそうに笑う。

「うん……変なファンばっかりじゃないよね。酷いときもあるけど……」

嵯峨野はどこか暗い表情で言った。

トラウマでもあるのか、有名人は大変らしい。

「和高さんみたいなファンがいて、よかった。というか……とにかく今は、どんな人でも会えてほっとした」

「どゆこと？」

「はは、助かったなぁって。ちょっと待ってて、コンビニでお菓子買ってくるよ。今日だけ特別だからね」

和高は飛び跳ねて喜んだ。

「はあぁぁ……」

俺はぐったりしてアスファルトの上に胡坐《あぐら》をかく。

疲労と安堵がどっと込み上げる。

嵯峨野が小走りで去っていくとき、ポケットからなにかが落ちた。丸められたティッシュの塊だった。さっきのごみだ。

少女はそれを拾った。店の前にはごみ箱がある。さすがは嵯峨野の友人だ、ちゃんとしているんだな……と思った矢先。

彼女はあろうことかそれを広げた。こびりついた黄色いものに鼻を寄せる。

「嵯峨野くんの匂いだ」

和高はそう呟くとティッシュをむしゃむしゃ食べ始めた。

――んふふ、んふふふふふふふふふっ。

真っ暗闇のなかで、コンビニの灯りを受けた彼女は笑う。

「嵯峨野くんは変なファンが湧きやすいんだから私がついていてあげなくちゃ。私は絶対迷惑かけないからね。絶対絶対絶対絶対……」

両手を頬に当て、にたぁと口をゆがめる姿は、今晩見たどの霊よりも強烈だった。

「おまたせ、あれ、和高さんなにか食べてる？」

「お菓子」

と、和高は帰ってきた嵯峨野に言った。

「たくさんもらってるんだね。はい、これ」

「まりちもうお腹いっぱい！」

「えぇ〜……」

その後、和高は上機嫌で帰っていき、嵯峨野は近くのファミレスへ入って朝まで時間を潰した。

俺はファミレスの屋根の上から通りを見下ろしていたが、日付が変わると町をうろついていたおかしなものたちは、ぱったりと現れなくなった。


後日、類に詳しく尋ねてみると「ハロウィンとはそういうものだろう？」という答えが返ってきた。

「僕が小さいころからずっとそうだ。イギリスにいたときも、他の国にいたときも、もちろん日本にやってきたあとも、毎年どこの町もあんな感じだ」

「そんなわけがあるか」

ハロウィンはアイルランドが発祥ではあるが、イギリス全体でもあまり盛り上がらないと聞いたことがある。

類は納得のいかない様子で腕を組んでいたが、軽く片眉を上げた。

「そうだ……そういえば祖父が認知症になる前は、『お前がいるとハロウィンが大盛り上がりだな』って笑っていたことがあったっけ……」

御蔵坂類には霊感がある。美蔵堂にもいわくつきの品が妙に集まる。もしかしたら、彼は磁場でも狂わせているのかもしれない。

「しかし、君が嵯峨野くんを送ってあげたとは……意外だったな」

「たしかに……普段ならそんなことしないだろうが」

だが彼には好印象を持ったのだ。あの素直さ、明るさ、美蔵堂へ見せた気遣い、そして本に対する真摯《しんし》さ……。

類は、腕を組んで静かに言った。

「なにもなかったなら、いいんだ」

その口ぶりが妙にさみしげなのが少し気になったが、彼は仕事だと言って出かけていってしまった。

了

黒電話

目の前の女は黒電話の前に正座している。

俺は壁を背に、胡坐をかいてそれを見ていた。

——じりりりりりりーーーん。じりりりりりりーーーん。

ベルが鳴ると、女は肩をびくりとはねさせた。泣きそうな顔で、取るか取るまいか、と右手を宙に彷徨わせる。

「『面白そう』……では済まなくなってきたな」


ことの起こりは数日前。

いつものように空中散歩をしていたら、ごみ捨て場の前に立ち尽くす彼女を見かけた。部屋着につっかけサンダル、手には膨らんだごみ袋という姿で、じっと一点を見つめている。

女の視線の先にあったのは黒電話だった。今の時代には珍しい。裸のまま、背の低いコンクリートの囲いの真んなかに、ぽんと置いてある。

側へ降りていってみると、女は微かに声を弾ませ言った。

「わ、かわいい。初めて見た……」

彼女はごみを置くと、すーっと動いて黒電話を胸に抱き「石田《いしだ》」と書かれた表札のマンションへ帰っていった。

なんだか無性に気になった。

特にタイプの異性、というわけでもないのに。

ついていってみると、部屋に戻った彼女はタオルで黒電話を乾拭《からぶ》きしていた。そして、カラーボックスの空いているスペースに置いてみる。遠くから眺めて首を傾げ、置く場所を何度か調整すると頷いた。

回線のことはまるで気にかけていない。さしずめレトロなインテリアのつもりだろうか。

女は立ったまま、十五分間も黒電話を見つめた。

目がすわっているように見えた。

やがて、そんな時間が経ったことなどなかったかのように「うん、いいな」と笑って、身支度をして家を出た。

俺は悪いとは思いつつ、しばらくここへ居座って様子を見てみようと思った。今の俺は彼女には視えない幽霊なのだから、遠慮をしたところで意味はない。

夜になり、仕事を終えた女が十時ごろに帰ってくると、黒電話はつやつやとした顔で家主を迎えた。女は帰って来るなり黒電話を見つめて「ただいま」と呟いた。

古い黒電話に若い女が愛おしげに微笑みかける光景は、やはりどうにも違和感がある。

俺はもう少し観察していくことにした。

おかしなことがおきたのは、その夜中のことだった。

――りーん。

彼女がベッドのなかで寝返りを打った。

――じりりりりりりーーーん。じりりりりりりりーーーん。

女は目を擦りながら起き上がる。

「あれ……壊れて、るのかな……？」

戸惑った様子の彼女だったが、薄そうな左右の壁をおろおろと見て、受話器を取った。

耳に当てたまま、数秒が立つ。

「え……？」女が尋ね返す。「『またかける』って……え？」

がしゃっ！ と大きな音が響く。女が受話器を取り落とし、カラーボックスにぶつかったコードが伸び縮みしていた。

「え、え……誰……？」

彼女は自分の両腕を抱きしめ、受話器をそのままに、布団に潜った。

俺は隅の壁に背を預けた。黒電話の受話器は、ふと視線を戻すときちんと所定の場所に戻っていた。

翌朝、目覚めた女は不思議そうな顔で黒電話を見下ろした。「すべて夢だったのだろうか」とでも言いたげな寝ぼけ眼《まなこ》で。

だが次の瞬間、また電話がかかってきた。

「あ、わ……！」

女は迷った末に受話器を取り、数秒の間をおいて悲鳴を上げた。

――そして数日が経った、今。

やつれた女は爪を噛みながら神経質そうな顔で座っている。少しの物音にもびくりと躰を震わせ、そのたびにぐったりとするのだ。

部屋のなかを見て回ると、彼女のことはおおよそわかった。

氏名は「石田穂乃果《ほのか》」。年齢、二十四歳。最寄り駅から四駅先のＷｅｂメディア編集部で働いている。仕事で使うのか、机の上には持ち運びのしやすそうなノートパソコンや、棒状のボイスレコーダーが置いてあった。家に帰ってきたあとも、様々な有名人の

ＳＮＳを巡回しては、面白そうなページをブックマークしていた。

趣味は、和風のアイテムやレトロなスポット、昔の映画、それから読書など……嵯峨野永太郎と少し似ていた。というか彼のＳＮＳをフォローしていて、よく見ていることがあった。

この部屋には引っ越してきて日が浅いらしく、部屋にはまだダンボールがある。どこにでもいる、一人暮らしの成人女性。

だったのだ、数日前までは。

人は数日でここまで面変わりするものなのかと驚いた。彼女は一昨日から仕事を無断欠勤し、スマホの電源も落としている。

食事もとらず風呂にも入らず、落ちくぼんだ目で、彼女はただ電話のために待機している。

――じりりりりりりーーーん。

「ひっ……！」

石田は意を決して受話器を取った。

そうして数秒後に絶叫し、「来ないで、来ないで」と連呼した。

「ちゃんと出たでしょ？　お願いだから、うちには来ないでよぉ……！」

なにと話しているのか……受話器に耳を寄せてみるが、石田の叫び声がうるさくて内容は聞こえない。

「ごめんなさいごめんなさい……もうかけてこないでください……」

興奮した石田が受話器を引っ張るので、本体が床へ落ちた。その裏面には、黄ばんだ紙がセロテープで張られていた。書かれていたのは六桁の番号。

俺は試してみたいことを思いつき、その番号を何度も呟いて暗記した。


「で……パソコンに電話アプリを落としてかけてみたら、繋がったと？」

カウンターにかけていた類は珍しく驚いた顔で言った。

「音はとても悪くて、俺の声がちゃんと聞こえたかはわからないが……『美蔵堂へ黒電話を持っていけ』と伝えたんだ」

「勝手なことを」

「黒電話は店にも置いてあるじゃないか。霊つきがいいっていうなら、買い取ればいい」

「ごみ捨て場から拾ったものは法的には『盗品』になるんだよ……」

そうなのか、と俺は己の不明を恥じて苦い顔をする。

「まぁいいよ。僕はそんなこと、知る由もないわけだし。もし持ち込まれたら相応のお値段で引き取ろう」

彼はしれっと言ってのけた。

彼女の家からここまでは徒歩で来られる距離だった。地図を見ればすぐにわかる。来てくれればいいのだが。

そのとき、がらがらと音を立てて引き戸が開いた。が、そこに立っていたのは期待した相手ではなく……。

「なんだぁ、じいさんか」

類が片手を上げる。何度か見たことのある、類の祖父が戸口につかまりながら、よろよろと入ってきた。彼はゆっくりとだが一人でしっかりと歩いて、カウンター脇の椅子に腰かけた。

「息災か？」

「ぼちぼちだよ。お茶を淹れようか」

類の祖父は首を横に振りながら「これ、頼む」と懐から茶封筒を何通か取り出した。不動産や税金に関する書類のようだった。

「こんなの、この枠のなかを書いて送り返せばいいだけだよ。この前はできてたじゃないか」

「ほうやったかなぁ……？」

付き合いのなかで徐々にわかったのだが、実は御蔵坂家はこの辺りにいくつもの物件や土地を持っている富豪だった。

以前、類は美蔵堂を「趣味の店」と言ったが、もっと平たく言うと「税金対策」でやり始めたそうで、だから儲ける気がまるでない。

美蔵堂は元々はこの祖父がやっていた店だったが、物忘れが多くなって引退し、孫の類が引き継いだというわけらしい。類の父は家業、というか「財産管理」という役目を継がず、海外で仕事をすることを選んだ。

そうして英国人女性との間にできたのが類なのだが、彼は両親が離婚したのをきっかけに、ローティーンのころにはもう祖父と日本で暮らすことを選んでいたのだという。

俺が知っているのは、そこまで。

ちなみに、類がよく昼食にカレーを食べにいくあの喫茶店も、類の祖父が人にまかせて始めた店らしい。

類の祖父はぼんやりと店を見回した。

「おあんさんおいだすばいて」

「うん」と類は流す。俺はこの土地の出身ではないので、たまに出る彼の方言はわからない。

類の祖父はこの近くの一軒家に住んでいる。妻はすでに他界し、一人暮らしで、週に一、二度、散歩がてら美蔵堂へ顔を出しているようだ。高齢の彼の安否確認のためにそういう習慣を作ったのだろう。

そんなことを考えていると、外に面した引き戸が微かに開き、青い顔をした女が店内を覗いてきた。

俺は文字通りふわりと腰を浮かす。その人物は黒電話を胸に抱いていた。

「ええと、姪《めい》っ子の……？」類の祖父が呟く。

「違うよ、ぜんぜん知らない人。お客さまだ。あなたはそろそろお家に帰らないと。午後から病院だろう。ほらほら」

類が祖父を戸口まで見送り、女を店に迎え入れた。

彼女、石田穂乃果は長い沈黙のあと、ぼそぼそと黒電話の怪異について語った。類はもちろん入手経路について訊かない。

大半が俺が見聞きして類に伝えたことと重複していたが、かかってくる電話の内容だけは、やっと明らかになった。

電話の相手は、ニュースの匿名インタビューのように野太い声で、

――またかけるからね。

――次出なかったら、そっちに行くよ。

というようなことを言ってくるのだという。

「だから、絶対出なきゃって……もうなにも手につかなくて」

「酷く、恐がっていらっしゃいますね」

「当たり前です」

彼女は暗い顔のまま語気を荒らげて言った。

「家に来る、なんて、恐ろしい……生きた人間が勝手に来るのだって恐いじゃないですか。なのに、なにが来るっていうんでしょうか……」

「なるほど……それは確かに恐ろしい。……そして素晴らしい」

類が言うと、石田はここへ来て初めて人間らしい表情を見せた。

「素晴らしい？」

「『ゴーストつき』のものは、積極的に扱っているんです。珍しいですからね」

「はぁ……でも本当に、手放してしまっていいのか……」

「これからは僕が電話に出るから大丈夫です。これは直感なのですが、取引すれば黒電話はもうこの店の物です。『次出なかったらそっちに行く』という脅しも、持ち主が変われば対象が変わる。つまり、僕がなんとかするのでお譲りいただくだけでいい、ということです。……これでいかがでしょう？」

類は電卓に数字を打ち込んで彼女に見せた。彼女は「お願いします」と消え入りそうな声で頷いた。

黒電話はカウンターにほど近い小上がりに置かれた。もちろん線は繋いでいない。そのままその日の営業を終え、二階にある類の住居で彼が夕食を終えたころ、尋ねた。

「かかって、くるだろうか？」

諸条件が変わってもかかってくるのか？　という意味だ。階段を振り返る。明かりを落とした店はひっそりとしていて、なんだか何本もの針がちりちりと刺してくるかのような気配を感じた。

「おそらく……」

と、彼が言ったとき。

——じりりりりりりーーーん。じりりりりりりりーーーーん。

階下から黒電話のベルが鳴った。

「どうするんだ？」

「無論」と、彼はスリッパのまま電灯をつけて階段を下り、受話器を取った。

「もしもし」

類は柱にもたれてそう言ったきり、黙っている。

「もしもし？　……なにも聞こえないな」

彼は目線を上げて俺を見た。

俺は彼の真横から受話器に頭をすり抜けさせて耳を寄せてみた。類は「ん」とくすぐったそうにする。

――………。

さあさあと向こうの空気音が伝わってくる。無言電話……かと思いきや、次第に人の話し声らしきものが聞こえてきた。

――いてないんですよね？　本当は……。

遠くで話していたような声はだんだんと近づいてくる。

――[redacted]けるわけないと思ったんですよ、あんな[redacted]悪そうな[redacted]に！　あなたが[redacted]だったんで[redacted]ね。い[redacted]加減[redacted]てください[redacted]。

――[redacted]の[redacted]とですか？　[redacted]は[redacted]も[redacted]りません。

二人……いる。女と男が会話をしている。

なんだか、とても聞き覚えのある声だった。

「あ……」

二人の声を聞いていると、背中に霜が降りてくるようで……。

――[redacted]を売[redacted]い[redacted]ろ！　あんた[redacted]に使[redacted]てる[redacted]よ。才能[redacted]悔[redacted]ない[redacted]？

「才能、なんて……」

「響さん？」

類の声がうまく聞こえない。水底でプールサイドにいる人の声を聴くように、くぐもって……。

受話器からの声がどんどん強くなる。

――[redacted]文[redacted]つまら[redacted]違[redacted]顔[redacted]本当の[redacted]どこ[redacted]逃[redacted]。

なんだ？　なんなんだこれは？

「……めろ……やめろ、黙れ！」

受話器を床へ投げつけようとした手が、虚しくすり抜ける。

ざらざらとした女の叫びが聞こえた。


――このままでいいんですか？


がしゃん！　と類が乱暴に電話を切った。

そして、触れられはしない俺の肩に手を添えてきた。

「響さん、しっかり……！」

心臓は早鐘のように脈打っていた。汗や涙が出ているような心地がしたが、己の肌は冷たく乾いたままだった。

類は俺の手に手を重ねてきた。宙に浮いた彼の手の平がすり抜けて、境界が重なる。

「二階で休んでいて。電話は僕が朝まで見ているから」

情けなさに顔を背ける。

「いや……もう帰る……」

「あっ……」

俺は床を蹴って、壁をすり抜け空へ舞い上がった。


家に帰ると連載小説のゲラのＰＤＦがメールで届いていた。校閲者の指摘が鉛筆で入っている。

今日のことを忘れたくて、さっそく赤字を入れていった。しかし読み返すほど、どこもかしこも陳腐な文章のような気がしてくる。もうすぐ最終回だというのに……。

それでも手を止めないで完結させる。それが作家にとって酷く大切なことなのだというのは、デビュー前の十年で身に染みていた。

「才能……」と呟いてみる。

気持ちはだいぶ落ち着いていた。類も心配しているかもしれない。あとでメールをしておこう。

　今は没頭することで頭を真っ白にしたかった。


　数日後、美蔵堂へ行ってみると店に類はおらず、隅のロッキングチェアで類の祖父がうたた寝をしていた。これは売り物だったはずだ。

　黒電話は相変わらず小上がりに置いてある。

　類から来た返信メールには「恐がる必要はない、詳しくは会ったときに」と書かれていた。類の帰りを待とうと、カウンターに腰かける。

　しかし、俺が来たことを見透かしたかのようにベルが鳴りだした。

　――じりりりりりりりーーーん。じりりりりりりりーーーん。

　ううん、と隅から唸り声がする。類の祖父が目を覚ました。受話器に触れない以上、固唾《かたず》をのんで見ているしかない。

　彼はあちこちに手をついて躰を支えながら、小上がりに座り、当たり前のように受話器を取った。

「はい、美蔵堂……」

　店の電話だと思っているらしかった。俺はカウンターをすり抜けて中腰になり、唾を飲んで受話器に耳をつける。

——いいんですか？　■なたは■■なのに。■ー■■■■■ーのままで……！

あのときの女の声だ。若い声だった。

ごく最近、どこかで聞いた気もする……。

「……はぁ？」

類の祖父は低い声で答えた。電話口の声はなおも騒ぐ。

しかし、類の祖父は急に射るような声を出した。

「——だらくさい、もう腹減って死ぬやつなんかおらんわ、この町に」

俺は思わず目を瞠る。なにを言っているんだ？

数秒の沈黙ののち、彼は縦皺の寄った唇を再度、開いた。

「おまあさん、人の、一番おとろしいもん言ってくるげんろ？　だらけ！　喋るしかできんのはわかってんだ。御蔵坂のもんになんかできるて思うたか！　消えんかい！」

がちゃんっ!!

彼は受話器を叩き切った。そしてもうかかってこないように、だろう。再び持ち上げて、ぽいと畳の上へ放ったのだった。

思えば、石田の怯《おび》えようは少し過剰だったような気がする。

——家に来る、なんて、恐ろしい……生きた人間が勝手に来るのだって恐いじゃないですか。なのに……。

そうだ、この言いようはなんだか「生きた人間が勝手に家に来たことがある」みたいじゃないか。彼女は引っ越して間もないようだった。部屋にはまだダンボールがあって……。

入口の戸が開き、外光が射しこむ。

「おや」

類は俺を見て「来てたのか」という顔をするも、無視して荷物を小上がりに置いた。一つは書店のロゴの入った不透明な袋。もう一つは熱気を帯びた透明な袋。なかの紙箱には白髭の老人のロゴが書いてあった。

「買ってきたよ。お昼にしよう」

類は祖父のほうを向いて言った。

「おお……これ、これ。たまに食べたくなる」

「先週も食べてたよ。好きだなぁ揚げもの。だから長生きなのかな」

「本け？」

「あ、ちょっ……」

類が箱を開けて湯気を逃がしている隙に、類の祖父は書店の袋を勝手に開けた。なかには俺が連載している小説誌が入っていた。

「また長月響かぁ……。デビュー当時からの、大ファンやさけぇ」

「えっ？」と俺は漏らす。

類が唇を引き結ぶ。

そして決まりの悪そうな顔でゆっくりと腰かけた。

「おい……どういうことだ？」

「…………」

「『読んだことある』、とは言っていたが……」

言いながら、なんだか恥ずかしくなってきた。それでも訊かずにはいられない。

「なんで、今まで言ってくれなかったんだ？」

類が黙って給湯室へ向かうのでついていくと、彼は祖父が見えなくなるなり、振り返ってシンクに寄りかかりながら言った。

「だって気まずいじゃないか」

そして大きな溜め息をついて、手を洗い始めた。

それはまぁ……わからなくもない。

「今日もおあんさんおいだすばいいて」

類の祖父はロッキングチェアでくつろぎながら、いつか聞いたセリフをまた言った。そして食休みが済むと帰っていった。

やっと、類とゆっくり話ができる。

「あの電話、お前にはなにが聞こえていたんだ？」

「なにも」

「そういうことか……」

それならば、あのリアクションにも納得だ。俺が狼狽《うろた》えていたとき、類にはなにも聞こえていなかったのだ。

「そうだね、響さんがあんなふうになったことで、どういうことを言われたのかだいたい予想がついたんだ。実害を及ぼせるほど強くないことも」

そう言われると少し悔しいが、さすがと言うほかなかった。

俺に聞こえた言葉は、確かに言いようのない恐怖を感じさせるものだった。意味も状況もわからなかったが。

既視感を抱いたのは、間違いない。

俺の記憶に根差したものなのだろう。

「あまり考えすぎないほうがいい。霊が適当を言ったんじゃないの」

「ああ……そう、だな」

小説に纏《まつ》わることだった、と思う。なにかネガティブなことを言われていた。それが俺の「恐いこと」というのならば、たぶん正解だ。

生前の記憶は、思っているより忘れていることが多いのかもしれない。

類は、黒電話はうるさいだけで無害なので、ゴーストつきアイテムのマニアに売ると言った。なにはともあれ、石田穂乃果は無事に日常へ戻ったことだろう。

「そう言えば、お前のじいさんがたまに言う『おあんさんなんとか』って、どういう意味なんだ？」

俺は仰向けになって頭の下に腕を敷き、天井近くへ浮かんだ。

類はくすっと笑う。

「『お兄さんがおいであそばしている』って」

お兄さん……？

床へするすると落下した俺に向かって、類はおかしそうに言った。

「視えないけど、君がいるのはわかるみたいだよ。悪いものじゃないことも。うちは両親とも霊感家系なんだ」

——だから僕みたいなのが生まれた。

と、類は栗皮色の長い睫《まつげ》を伏せた。

了

でじたる怪談

黒電話の一件以来、パソコンから電話をかけられることがわかった。

ただ、声がうまく届くかどうかは相手によるようだった。

石田へかけたときはノイズが酷かったし、美蔵堂にかけてみたら類は「ちょっと遠いけど聞こえるよ」と言った。何件か、適当なカスタマーサービスにかけてみたところ、おおむね謎の雑音が入り、何度も聞き返された。相手の声も歪み、ろくに会話にならない。

「生者へ声を届けるのは容易なことではないんだろうね。相手の霊感が強ければ、あるいは……」

「あるいは？」

「関係性、そしてなにより執念によるんだろう。君からの『伝えたい』という」

――という会話など露知らず、担当編集の濱氏は電話の向こうで陽気に笑っている。

それほど愉しい話をしたつもりはないが、笑いの沸点が低いというのは、彼の美徳の一つだと思う。

それでも、――ザザッ、と時折ノイズは混じる。

電波が悪いようだと言いわけすると、彼はまるで疑うそぶりもなく「まぁ会話はできそうですね。これ以上悪くなったらいつでも切っちゃってください。続きはメールで」と言ってくれた。

そうして打ち合わせが終わり、話は雑談に流れた。

「――いやいや、いいと思いますよ。墓森さんはもっと大きな顔をしても」

「そうですか？」

――ザザザ。

「え？」

「あぁいや、『そうですか？』って」

「そうですよ！　本が売れているのは中身が面白いからです。作を重ねるごとに進化していて、毎回新しい試みがありますし。あるていど書ける人ってね、慣れるとだんだん手癖で書くようになっちゃう人もいるんですよ。なのに営業のやつら、売り上げ維持してるのは内容じゃなく、自分たちのプロモーションの上手さと、『長月響』の知名度のおかげだと思ってるんですから……墓森さんの苦労も知らないで」

知名度か。まあ一作売れたらそれ以降は駄作でもファンはチェックしてくれるものだ。

「ははっ……名前で買ってくれるのは、まあ、固定ファンがついてくれたと思えば……」

――ザザザザザ。

「ザザザザんも、頑ザザてくれてまザザ。でザザザるのザザザザザなんザすザら……」

濱氏は思い出したように言った。

「そうだ！　最近とっておきの怪談を聞いたんですよ。あと少しだけお時間をいただけませんか？　こういうお話、好きかと思いまして」

急に相手の声がクリアになった。

「あぁ……いいですよ。ぜひ」

「おほん……これは、うちの編集長の、同期の、息子さんの、友達の友達から聞いた話です……」

と、濱氏は声を潜めて語り始めた。

東京都下の●●市。その山奥にある廃工場へ、地元の若者たちが四人で肝試しに行ったそうです。

「その廃工場は出る」という噂は、近所では有名でした。でも、もう何十年も前から放置されていて当時の面影はなく、なんの工場だったのか、どんな様子だったのか、年配の人でも覚えている人はいません。少し前は不良のたまり場になっていたそうです。

深夜、彼らは懐中電灯を片手に硝子戸の壊れた玄関から侵入しました。なかは想像通り荒れていましたが、四人は「恐くねーぞ！」と大声で笑ったり歌ったりしながら進んで行きました。

なかはごく普通の古い建物で、暗さに慣れてくると、なにも起こらないことに物足りなささえ感じました。

ロビーや食堂を通り越し、作業室へ入ると、そこにあった道具や書類から、ここが衣類の、おそらく肌着の工場らしい……ということがわかりました。

そのとき、一人が部屋の隅に蹲《うずくま》る人影に気づきました。

四人は叫びそうになりましたが……懐中電灯で照らすと、それは女性のマネキンでした。

「なんだ驚かせやがって」と、ほっとして辺りを見回すと、濃いメイクを施した滑稽なマネキンや、首だけ、上半身だけのマネキンがいくつも転がっていました。

やがて彼らはマネキンで遊び始めました。おかしなポーズを取らせたり、卑猥《ひわい》なことをする真似をしたりして、写真や動画を撮って帰ったのです。

「たいしたことなかったなー」

彼らのうちの一人の家に集まって、酒を飲みながら、彼らは友達や恋人に撮ったものを送りました。

しかし……、みんな爆笑してくれると思ったのに、いつまで経っても一通の返信もありません。

おかしいな？　そう思ってスマホのカメラロールを見返すと……。

そこに映っていたのは、どう見ても生身の女たちの死体だったのです。


濱氏はそう締めると、たっぷりと間を置いてから言った。

「で……えーと、最後はどうなったんだっけなぁ？」

「あれ、ここで終わりじゃないんですか？」

「いえ続きがあるんですよ。このあと誰かが通報したとか……ううん、すみません、忘れちゃいました！」

電話を切って、ベッドに転がる。

久しぶりに類以外の人間と会話ができた新鮮さが、じわりと込みあげてきた。自分はまだ社会性を失ってはいないという安心感と、達成感。楽しさと少しの気疲れ。そして気づく。

「…………類って、なぜか全然疲れないんだよな」

それもこれも俺が幽霊だからだろうか。あの雑な扱い、平気で一時間以上黙って一人で好きなことをしていたりする、あの感じ……。

生きてるころに出会っていたら、こんな関係にはなっていなかったかもしれない。

しばらくすると、怪談のオチが無性に気になった。

フィクションとすれば十分オチているのだが、実在の地名が入った、「知り合いの知り合いから聞いた……」という実話ベースの怪談だ。「その後があるらしい」と聞かされると、さもありなん、という気がしてくる。

写真を送られた友人や恋人たちが通報したとして、その後、警察が動いたとしたら、どうなったのだろう?

俺はパソコンの前に座り、スリープを解いて検索窓をクリックする。

わりと有名な怪談なんじゃないかと思ったら、案の定だった。

「●●市/廃工場/怪談」と入れると、サジェストには「マネキン」「死体」などと出てくる。

だが、それらをクリックして出てきたウェブページには「死体が映っていた」以降、曖昧に終わらせているものばかりだった。濱氏が語ったように「通報した」まで書いているものもあるにはあったが、そこで終わっている。

俺は気になって、検索窓に組み合わせる単語を変えていった。

●●市／廃工場／怪談／マネキン／オチ
●●市／廃工場／怪談／死体／オチ
●●市／廃工場／怖い話／通報／その後

ぴたりと指が止まる。

「え……？」

いつしか候補に表示されるサジェストがどんどん増えていた。

●●市／廃工場／怖い話／マネキン／その後／知ると
●●市／廃工場／怖い話／調べるな／知るとどう
●●市／廃工場／怪談／知ってはいけない

一旦全部消そうとバックスペースを押す。

た、た、た、と文字が消えていく。

だがすべての文字を消すと、最初とは違う、大量のサジェストが下へ広がっていた。

●●市／廃工場／女／死体／大量
●●市／廃工場／犯人／知ってる／誰
●●市／廃工場／探して／事件／実話
●●市／なぜ／調べてる／お前か／切断

「う……」

気づけば立ち上がっていた。他の場所をクリックしてもサジェストは消えない。ページも移動できない。カーソルは動くが画面はフリーズしていた。

●●／死／こうじょう／殺害／おまえか／谿ｺ縺吶◇
●●／死体／廃／蜻ｪ縺／切断／谿ｺ縺吶◇／いく／谿ｺ縺吶◇

バッと画面が暗転する。

ちらつきのあと、真っ暗な景色が表示された。

懐中電灯の白い光が這う。作業机、ミシン、糸や布が映る。

そして男たちの悲鳴と共に、うずくまる細い背中が現れた。

ディスプレイの電源を押すが画面は消えない。プラグを抜いても。

「なぁんだ」「脅かしやがって」と騒ぐ男たちがマネキン……ではなく、女の脇に手を入れて持ち上げた。

ぐったりとした体軀が伸びあがり、首の据わらない赤ん坊のように、頭がかくんと倒れた。

女は画面の奥からこちらをまっすぐに見つめていた。

俺は壁をすり抜けて飛び上がり、夜の繁華街に向かって逃げた。

翌朝、美蔵堂へ行って事の次第を話すと、類はタブレットにめぼしい単語を打ち込んだ。

しかし、おかしなサジェストなど出てはこなかった。

「もう大丈夫だと思うよ」

「……どうして？」

「なんとなく……。話を聞いただけの相手に、大したことはできないんじゃないかな」

俺はほっと息をついたが、すぐにはっと顔を上げた。

「あれ、じゃあこの話を聞いたお前にも……？」

「平気だよ、これくらい」

きょとんとした顔に拍子抜けしてしまう。

陽が高くなってから家に帰るとパソコンはスリープモードになっており、恐る恐る再起動すると正常に立ち上がった。

類にとっては些末な事象だったのか、特にその後のことは聞いていない。

了

跋文

―かわたれへ―

ひゅっ――と風が下から切りつける。次いで内臓が浮く独特の感覚。
急な覚醒が訪《おとな》う。
なんてことはない、梁の上でまどろんでいたら宙へ躰が放り出されたのだ。
窓硝子に落ちていく自分が映っていた。逆しまの顔は、ほの暗い。
空は白んでいた。
「あ……」
蘇るのは、叩きつける波音、潮の匂い。
一瞬ののちに衝撃が響き、躰中に痛みがほとばしる。やわらかな水圧。そして静寂。
水底から伸びてきた黒い手を振り払い、意識は頭上の光を目指していた――。
「そうだ……」
どうして忘れていたのだろう。
心まで持っていかれてなるものか、と。

あの刹那、確かに思った覚えがある。

だから俺は俺でいられたのかもしれない。

彼は誰そ。

誰そ彼。


ゆっくりと着地した先は、ベッドに横たわる類の膝の上だった。

仰向けの彼は大きな目をしっかりと開いていた。

「……起きてたのか？」

「急に、目が覚めて」

と、ぐずることなく躰を起こす。いつもは朝に弱いというのに。

「震えてる」

彼が差し出してきた右手は俺の頰をすり抜けた。

「大丈夫？」

「ちょっと……」と俺は両腕を抱きしめ「死んだ瞬間を、思い出しそうになって」。

「……それはつらいね」

類は、座った姿勢のまま黙って俺が落ち着くのを待っていた。

窓には彼の高い鼻梁が斜めから映っている。

「俺、は……」

俺の姿は映っていない。

「どうして、死んだんだろう……？」

無意識に唇から零れていた。

類はベッドを抜けて窓を開く。

「いずれ、わかるさ」

湿気を含んだ、かわたれの風が吹き込む。

「黄昏《たそがれ》に迷い込み、夜を越えれば、次は夜明けがくる」

振り返った彼の背に朝日が射し、その顔は逆光に沈んだ。

――かわたれへ続く。

この作品は文春文庫のために書き下ろされたものです。

デザイン　木村弥世

DTP制作　エヴリ・シンク

文春文庫

幽霊作家《ゆうれいさつか》と古物商《こぶつしよう》
黄昏《たそがれ》に浮《う》かんだ謎《なぞ》

定価はカバーに
表示してあります

2024年7月10日　第1刷

著　者　彩藤《さいどう》アザミ
発行者　大沼貴之
発行所　株式会社 文藝春秋

東京都千代田区紀尾井町 3-23　〒102-8008
TEL 03・3265・1211(代)
文藝春秋ホームページ　http://www.bunshun.co.jp

落丁、乱丁本は、お手数ですが小社製作部宛お送り下さい。送料小社負担でお取替致します。

印刷製本・TOPPANクロレ

Printed in Japan
ISBN978-4-16-792249-8